AVENTURES

D'UN GAMIN DE PARIS ET D'UN PHARMACIEN DE LONDRES

6e Série

AVENTURES
D'UN
GAMIN DE PARIS
ET D'UN
PHARMACIEN DE LONDRES

PAR

ROGER D'HOMBRE

ILLUSTRATIONS DE GROBET

CHARAVAY, MANTOUX, MARTIN
LIBRAIRIE D'ÉDUCATION DE LA JEUNESSE
7, RUE DES CANETTES, 7
PARIS

AVENTURES

D'UN GAMIN DE PARIS ET D'UN PHARMACIEN DE LONDRES

I

LES COLIS DU NUMÉRO 12

« Pas besoin d'un commissionnaire, m'sieu?

— D'un commissionnaire? Oui, au fait. Auras-tu la force de porter ce faisceau de petits colis jusqu'à l'hôtel de Londres?

— Donnez toujours, m'sieu. On a l'air malingre, mais on est fort comme trois Turcs; et puis, la course n'est pas longue : la cour de la gare et la rue à traverser; on en ferait davantage, allez!

Ce disant, le petit homme empoigna toute une fournée de sacs et de parapluies, et il suivit le voyageur qui débarquait à la gare Saint-Lazare du train venant du Havre.

Devant eux, marchait un solide gaillard portant sur son dos une sorte de malle en osier dont le contenu semblait lourd à en juger par l'effort du porteur.

Heureusement, comme l'avait fait observer le gamin, le trajet n'était pas long, l'hôtel de Londres étant placé en face de la gare.

Le voyageur, homme d'une trentaine d'années tout au plus, au type britannique prononcé, suivait d'un regard plein de sollicitude le colis chargé sur les épaules d'athlète du commissionnaire.

— Prenez bien garde, c'est fragile, avait-il dit aux employés préposés aux bagages; l'octroi avait dédaigné de faire ouvrir cette corbeille qui semblait bourrée de vêtements.

Arrivé à destination, l'athlète déposa la malle d'osier dans le vestibule de l'hôtel, et, après avoir empoché son salaire, il retourna à la station afin d'y chercher un nouveau client.

Le petit bonhomme en fit autant avec ses sacs et ses parapluies, et, fourrant dans sa bouche une piécette de cinquante centimes, il se sauva tout joyeux, non pour quêter encore de l'ouvrage, mais pour courir chez le boulanger satisfaire le formidable appétit de ses quatorze ans.

Le voyageur déclina son nom et ses qualités : William Strass, pharmacien de première classe (en réalité, de dernière classe, mais il ne pouvait mettre cela sur le registre d'un hôtel); vingt-huit ans, né à Londres en 18.. et venu de Londres à Paris ce 22 septembre 18..

Il demandait une chambre à deux lits ayant avec lui un ami. Cet ami n'avait pas encore paru.

Les clients abondaient, ce jour-là, chez monsieur Chardon et un grand brouhaha régnait dans l'hôtel; tandis que deux garçons préposés au troisième étage montaient les bagages des arrivants, William Strass tombait sur un vaste gentleman qu'il reconnut au moment où il lui marchait sur les pieds.

— *Aho! what a surprise! My nephew Willy!* prononça une voix britannique des moins mélodieuses.

— *Ah! dear uncle!*

Notre ami Strass, qui semblait médiocrement heureux de cette rencontre inopinée, serra néanmoins la main de son parent, et leur conversation continua, conversation que nous traduisons en français pour la commodité du récit.

— Ah çà! monsieur mon neveu, à quel propos courez-vous la pretentaine à Paris quand vous devriez être à peser des drogues et à manipuler des poudres dans votre laboratoire de Bound-Street?

— Ah! voilà: justement, mon oncle, je n'ai plus de pharmacie.

— Auriez-vous fait fortune, monsieur mon neveu? demanda l'oncle d'un ton ironique.

— Hélas! non, mon oncle, au contraire. Si vous saviez! l'homéopathie nous tue, et puis, le genre humain se porte trop bien; plus moyen de gagner sa vie en vendant des remèdes! J'ai essayé d'inventer un dentrifice à la craie....

— Bah! ce n'est pas neuf.

— Hélas! non, je n'ai pas même couvert mes frais; tout le monde se jette sur celui du dentiste américain Jacob, qui a fait une réclame insensée; or, quand on n'a pas d'argent....

— C'est bon, c'est bon, interrompit l'oncle qui voyait venir une demande de fonds, il faut trouver autre chose.

— C'est facile à dire quand tout est inventé!

— Allons; au revoir, laisse-moi monter dans mon appartement et nous causerons plus tard : il va être huit heures et j'ai faim. Tu dînes avec moi?

— Oui, mon oncle, si vous voulez, répondit William Strass, seulement....

— Seulement quoi?

— Je ne suis pas seul.

— Hein? cria l'oncle en se retournant courroucé.

— J'ai avec moi Nickel, vous savez, mon aide...

— Ce petit apothicaire en herbe qui composait des sonnets sur ses mortiers au lieu de piler l'arsenic?

— Lui-même, il m'est dévoué et me suit dans la mauvaise comme dans la bonne fortune.

— Et dans la fortune absente aussi, à ce que je vois. Tant pis pour toi si tu t'embarrasses d'un camarade; tu avais cependant bien assez de toi. Enfin, amène-le quand même dîner avec nous, pourvu qu'il ne nous débite pas de vers au dessert.

Le jeune homme s'arrêta soudain...

— N'ayez pas peur, mon oncle, il sera muet comme une carpe.

— C'est bon alors.

Tout en causant, les deux Anglais avaient atteint le premier étage.

— Viens, William, si tu n'es pas pressé, donne-moi donc un coup de main pour déboucler mes malles; j'ai la goutte au pouce droit.

— De l'arnica, mon oncle, buvez tous les matins à jeun un peu d'arnica dans un petit verre de vieux bordeaux.

— Tu me l'as déjà dit, pharmacien! mais je me traite à l'homéopathie, moi, tu le sais bien, et je ne puis changer mon système. A quel étage loges-tu?

— Au troisième.

— Combien de jours comptes-tu demeurer à Paris?

— Je ne sais pas du tout; je viens y chercher de l'ouvrage.

— Tu aurais mieux fait de rester à Londres.

— Rien ne me réussit à Londres; j'essaie de couper la déveine en changeant de pays.

— Tu viens chercher la misère ici.

— Que voulez-vous, mon oncle, que voulez-vous? Je ne peux pas aller contre ma destinée.

— A ton aise, mon garçon! moi, je ne suis à Paris que pour trois jours. Je viens de Nice et retourne en Angleterre; je loge à cet hôtel pour être plus près de la gare.

Pendant que cette scène se passait entre William

Strass et son oncle, le gamin, qui avait porté les menus bagages du premier, entra tout essoufflé au bureau.

— Que veux-tu? demanda le gérant.

— Retrouver le bourgeois qui m'a donné cinquante centimes : la pièce est étrangère, on ne veut pas me la prendre; faut qu'il me la change.

— Comment est ce monsieur?

— Un grand Anglais blond-roux à favoris, qui sent le phénol et a une grande malle en paille. Ça, la malle, je la reconnaîtrai bien!

— Attends un peu.

De nouveaux voyageurs arrivant, le gérant dut s'occuper d'eux; le gamin, qui n'était pas la patience incarnée, se glissa dans l'escalier, puis dans le corridor du premier et frappa à deux ou trois portes fermées sans obtenir de réponse.

Enfin il en aperçut une entrebâillée, la poussa et sauta de plaisir en voyant une grande corbeille carrée en osier qu'il reconnut pour celle de l'Anglais.

Quoiqu'il n'y eût personne en ce moment, cette chambre paraissait habitée : des vêtements pendaient aux patères; des objets de toilette traînaient sur la cheminée et une bougie brûlait dans un chandelier de cuivre.

— Bon! pensa le petit homme, mon bourgeois est logé ici puisque v'là son colis; je ne vois pas les paquets dont je me suis chargé, mais ça ne fait rien. Mon bourgeois est absent à cette minute, il va rentrer sans doute et ne refusera pas de changer ma pièce; il a l'air bon enfant et c'est pas souvent que j'ai une telle aubaine.

Cette chambre, on le devine, n'était pas celle qu'on avait désigné pour loger master Strass et ses colis : par erreur, ceux qui montaient la malle y étaient entrés, se déchargeant là de leur fardeau, puis ils en étaient descendus pour servir de nouveaux voyageurs.

Induit en erreur à son tour par la présence du bagage qu'il reconnaissait, Brioche entrait donc sans s'en douter le moins du monde, dans l'appartement d'une dame arrivée depuis une semaine environ à l'hôtel de Londres avec une bonne et une fillette malade.

Tout à coup, il aperçut une porte entr'ouverte sur la pièce où il se trouvait, comme pour communiquer à dessein.

— Tiens ! se dit-il, mon voyageur est peut-être là.

Il marcha doucement sur le tapis qui étouffa le bruit de ses gros souliers ferrés et passa avec précaution sa tête ébouriffée par l'entrebâillure ; il demeura cloué sur le seuil.

Dans un lit étroit et plat comme une planche, reposait une fort jolie fillette de sept à huit ans; la lumière douce d'une lampe de nuit éclairait sa tête d'ange noyée dans une profusion de boucles d'or, mais si pâle, si blanche, qu'elle faisait peine à voir.

— Une mioche malade, pour sûr, pensa le gamin ; sa bonne l'aura laissée toute seule pour aller jaser, à moins qu'on n'ait mis la gosse sous la protection de mon bourgeois qui ne revient pas vite.

Comme notre petit homme allait sagement s'asseoir à côté de la malle d'osier pour attendre son débiteur, il tressaillit et, quoiqu'il ne fût pas poltron, une sueur froide mouilla ses cheveux qui poussaient bruns et drus autour de son visage rond.

La malle avait parlé ; une voix masculine, assourdie à dessein, avait prononcé distinctement :

— Est-ce vous, Monsieur Strass?

Puis, n'obtenant pas de réponse, la voix reprit avec une certaine impatience :

— Voyons, est-ce vous, Monsieur Willy?

Le garçonnet avait recouvré son sang-froid : il jugea à propos de répondre par un petit grognement qui pouvait passer pour un oui.

— Alors hâtez-vous de me délivrer, continua la malle d'osier, car depuis un moment que nous sommes arrivés, vous auriez dû me rendre ma liberté; je suis tout ankylosé et il me tarde de respirer.

C'était vraiment trop drôle : sans songer qu'il touchait au bien d'autrui, le gamin se mit à détacher rapidement les courroies qui fermaient la malle et bientôt il vit le couvercle se soulever de lui-même et une tête d'homme apparaître; jeune (vingt-quatre ans tout au plus), ornée d'une moustache châtain et éclairée par deux yeux spirituels.

— Ouf! je n'en pouvais plus, je com...

Le jeune homme s'arrêta soudain, épouvanté à

l'aspect du garçonnet en guenilles qui se tordait de rire.

— Qu'est-ce que tu fais là? dit-il, essayant de prendre une voix sévère.

— Vous le voyez, M'sieu : je ris.

— Et qui te le permets?

— Dame! j'ai pas besoin de permission.

— Comment es-tu entré ici?

— Par la porte.

— Trêve de plaisanteries. Pourquoi es-tu là?

— Pour me faire payer ma course, donc! Le M'sieu qu'est votre propriétaire sans doute, puisque la malle est à lui, m'a donné une mauvaise pièce; je veux le prier de me la changer, à moins que vous ne le fassiez à sa place; en ce cas, ça m'est égal.

— Je n'ai pas d'argent sur moi, répondit le jeune homme d'un ton sec.

Évidemment, il lui déplaisait fort d'avoir eu un témoin de sa transformation de colis en être humain.

— Et... mon... ce monsieur, veux-je dire, à qui tu veux parler, où est-il?

— J'en sais rien; vous êtes dans sa chambre, toujours, puisqu'il a commandé qu'on mette ses bagages chez lui; sans doute qu'il va revenir d'un moment à l'autre; oh! ne vous inquiétez pas; je ne suis pas pressé. Faut avoir un peu de patience, bourgeois, quand on a supporté un emprisonnement comme celui que vous venez de supporter!

Le jeune homme tordait sa moustache d'un air perplexe.

— Évidemment Master Strass va revenir, murmura-t-il comme se parlant à lui-même, et il sera très étonné de me voir hors de la malle.

— Master Strass, pensait de son côté le jeune garçon qui l'écoutait; ça me faisait bien l'effet que c'étaient des Anglais, ces messieurs-là; ils parlent bien le français, mais on sent que ça siffle entre leurs dents serrées.

— Ce gavroche va raconter partout mon aventure, poursuivait l'aide-pharmacien, et cela peut nous faire une méchante histoire. Moi qui ai supporté les fatigues d'une traversée et du chemin de fer, replié dans cette maudite corbeille afin de ne pas payer ma place, je n'ai peut-être pas du tout fait d'économie. Au diable le clampin!

« Petit, ajouta-t-il en s'adressant à l'enfant, comment te nommes-tu? »

— Brioche, pour vous servir, M'sieu.

— Brioche? Ce n'est pas un nom, cela.

— Je sais bien, mais je n'en ai pas d'autre à vous offrir, vu que mes parents se sont pas donné la peine de m'en fournir un sur la liste civile.

— Eh bien! mon ami Brioche, tu vas attendre ici le voyageur aux cinquante centimes.

— C'est, pardieu! bien mon intention.

— Il te remettra cinq francs au lieu de dix sous, à la condition que tu n'iras pas clabauder partout ce que tu viens de voir.

— Bon, patron! on accepte la pièce de cinq balles et on sera muet comme cinq ou six carpes.

A ce moment, une petite voix s'éleva de la chambre voisine :

— Avec qui causez-vous donc, maman?

Le premier geste de l'homme à la malle fut de se retirer du rayon de lumière que produisait la bougie allumée, mais Brioche lui dit tranquillement :

— Ayez pas peur, c'est la petite demoiselle qui se réveille.

Et il s'avança hardiment jusqu'au lit de la fillette malade.

Elle manifesta quelque frayeur à la vue de ce jeune garçon en guenilles qu'elle n'attendait certes pas, mais il lui dit d'un ton gai :

— Faut pas vous hérisser, ma petite demoiselle, on vient pour vous servir ; y a-t-il quelque chose que vous désiriez?

— Où est maman?

— Ça, je peux pas vous l'apprendre : j'ai pas l'honneur de la connaître.

— Alors, que faites-vous dans sa chambre?

— Dans sa chambre? C'est-il donc son appartement?

— Mais oui, le 12 avec le 14 et le petit salon; nous avons loué tout ça.

— Alors y a erreur sans doute pour quant au particulier qui est installé là. Il s'aura trompé de numéro; mais nous allons déguerpir.

L'enfant l'arrêta d'un geste de sa main mignonne; elle s'ennuyait et avait envie de causer.

— Qui êtes-vous?

— Moi? pas grand chose : Brioche.

— Brioche?... le drôle de nom! fit la petite fille en riant aux éclats; moi je m'appelle Isabelle, mais on me surnomme encore Bébé quoique j'aie huit ans.

— Huit ans?

Brioche ouvrit de grands yeux.

Bébé soupira.

— Vous trouvez que j'ai l'air d'en avoir quatre seulement, n'est-ce pas? C'est vrai, je ne peux ni grandir, ni marcher, ni me tenir longtemps debout, je suis toujours malade.

Brioche était bon; ses yeux espiègles devinrent tout à coup attendris et humides.

— C'est, ma foi! bien dommage, murmura-t-il, une si jolie tête sur un corps si chétif! C'est-il que vous êtes nouée, ma petite demoiselle?

— Nouée?... Ah! je comprends ce que vous voulez dire : j'ai entendu déjà ce mot. Non, je ne suis que faible; mes os n'ont pas de force quoiqu'on me fasse boire beaucoup d'eau de chaux et faire de l'hydrothérapie.

— Moi qui en ai à revendre!

— De quoi? des os ou de la force?

— Des deux, de tout enfin : de la moelle, de la souplesse, de l'agilité. Le père Lacrampe, qui me trempe la soupe le dimanche, me dit toujours en me regardant galoper et grimper aux arbres, que j'ai de la moelle de singe dans l'épine dorsale.

— De la moelle de singe?

Bébé se mit à rire de nouveau.

« C'est bien vilain les singes. »

— Oui, mais c'est bien leste et bien souple.

— C'est vrai. A cause de cela, je voudrais être singe. Ou bien, Monsieur Brioche, croyez-vous qu'on pourrait mettre dans mes os du sang ou de la moelle de ces animaux?

— Ma foi! j'en sais rien; pourtant, de notre époque, les médecins sont si habiles et les apothicaires inventent tant de choses!...

L'homme à la malle, autrement dit Jacques Nickel, debout sur le seuil, écoutait cette enfantine conversation en tourmentant sa moustache d'un air préoccupé. Si préoccupé, même, qu'il ne pensait plus à appeler Brioche et à quitter la chambre où ils s'étaient fourvoyés par mégarde.

Il tressaillit en entendant un pas de femme fouler le parquet et une voix mécontente s'élever :

— Qui donc se permet de rentrer chez moi et où donc est Mina?

Mina était la bonne de Mademoiselle Bébé. Puis, s'élançant dans l'appartement voisin :

« Dieu me pardonne, ajouta-t-elle, on dirait que l'on cause chez ma fille! »

— Maman, ne grondez pas, fit Bébé en lui tendant ses bras caressants; ce petit garçon est très gentil : il me raconte des choses drôles.

— Que faites-vous ici? répéta la mère de Bébé avec quelque hauteur. De quel droit vous introduisez-vous dans mes appartements privés, vous, Monsieur? et toi, petit vagabond? dit-elle, s'adressant successivement à Nickel et à Brioche.

— Là, là, ne vous fâchez pas, Madame, répliqua ce dernier qui n'avait jamais la langue dans sa poche; on ne lui fait point de mal à votre petite qui est, ma foi! gentille à croquer; on lui cause, quoi! pour lui faire prendre patience; même que je lui donnais quelques conseils médicaux qu'elle ne paraît pas dédaigner. Je vais vous dire : nous sommes entrés ici, le bourgeois que voilà et moi qui ai rapporté les bagages, en croyant entrer ailleurs; mais y a du remède; on va vous débarrasser de nos personnages. Venez-vous, patron? ajouta Brioche en faisant signe à Nickel et en empoignant d'un côté la malle vide qui ne pesait plus guère. A la revoyure, Mamzelle Bébé! bien de la chance pour votre colonne vertébrale.

— Si vous trouvez le remède, vous savez, le remède de moelle de singe! cria Bébé de son petit lit, pensez à moi, Brioche.

— On y songera, ma petite demoiselle, mais, par malheur, on n'est ni médecin, ni pharmacien.

Et, ce disant, Brioche, suivi de Nickel qui se confondait en salutations, quitta le numéro 12, laissant la maman de Bébé absolument stupéfiée.

— Ces gens sont à moitié fous, pensa-t-elle, qu'est-ce que Bébé raconte donc de singe et de moelle?

Puis, voyant rentrer Mina, la bonne coupable et volage, elle l'admonesta vertement.

II

EN SE RASANT

Comme Nickel et son accompagnateur atteignaient le troisième étage, ils aperçurent Strass qui sortait d'une chambre en faisant de grands gestes furieux.

— On ne m'a pas monté ma... Il s'interrompit en voyant son aide mettre le pied sur la dernière marche.

— Où diable! étais-tu, Nickel, et où te cachais-tu? j'étais dans une inquiétude! qui donc t'a sorti de ta... Que fait ici ce galopin? ajouta-t-il en apercevant Brioche.

— Nous nous étions trompés de chambre, monsieur Strass, répondit flegmatiquement Nickel.

— Patron, ma pièce ne passe pas! cria Brioche en tendant à l'Anglais ses cinquante centimes.

Strass n'y comprenait rien, mais il fit entrer chez lui son ami et lui dit :

— Hâte-toi de t'habiller; nous dînons avec l'oncle.

— Quel oncle?

— L'oncle Chrysocal que j'ai rencontré au bureau et qui nous a invités tous les deux pour huit heures.

— Bon, mais je dois absolument me raser, n'ayant pu le faire dans le récipient où j'étais enfermé depuis environ trente heures.

— Chut! fit Strass en désignant Brioche.

Nickel haussa les épaules.

— On peut parler devant le clampin, dit-il, c'est lui qui m'a tiré de ma malle, il est dans le secret; je lui ai même promis cent sous en votre nom pour qu'il tienne sa langue. J'aurais également à vous parler au sujet de cet enfant. — Il vient, sans le vouloir, de me fournir une idée, — une idée, — enfin vous verrez.

Tout en s'expliquant, Nickel retirait son habit poussiéreux et préparait son savon. Les deux hommes parlaient en Anglais, et Brioche, qui ne comprenait pas cette langue, éprouvait des inquiétudes au sujet de son argent, croyant qu'on discutait là-dessus.

Il se rassura lorsque William Strass lui tendit cinq francs.

— Ah! patron, fit le gamin ébloui, vous êtes un fier client, et si jamais vous avez besoin de Brioche pour vous servir, usez de lui. Les soirs que j'ai de quoi, je couche rue des Martyrs, numéro 24 chez le père Lacrampe qui me fournit la couchée, c'est-à-dire la botte de paille à raison de cinq centimes par nuit. L'été, quand on n'a pas la somme voulue, on dort à la belle étoile; en hiver, le père Lacrampe, qui est un brave aussi, lui, me fait crédit.

— Justement, petit, cria Nickel du fond de sa cuvette où il barbottait, il est possible que nous ayons besoin de toi.

— Bien, patron; on est tout à votre service, je vous le répète; que ce soit pour porter encore des bagages au chemin de fer, pour vous reficeler dans votre malle d'osier (ce qui est très cocasse, par parenthèse), ou pour vous suivre en voyage en qualité de groom, on ne recule devant rien. Ah! saperlipopette! en voyage surtout, c'est ça qui m'irait! un grand, sur terre et sur mer! — A vous revoir et bonne chance, patrons. Je m'en vas.

L'incorrigible bavard finit par s'éloigner, tandis que Nickel se rasait avec soin et que Strass notait sur son carnet l'adresse du gamin.

Brioche franchit l'escalier, mais à cheval sur la rampe car il ne comprenait pas qu'on pût descendre autrement.

Tout en promenant le fer sur ses joues et son menton, Nickel entretenait le pharmacien de choses très sérieuses, à en juger par leurs physionomies. Nous ne répétons pas leur conversation, mais, un quart d'heure après, ils descendaient tous les deux à la salle à manger, le front moins soucieux.

Master Chrysocal arriva presque en même temps qu'eux et secoua le bras du jeune Français en signe de bienvenue, puis on se mit à table.

Le commencement du repas fut silencieux; les

jeunes gens pensaient à leur affaire; l'oncle se tenait sur la défensive, craignant toujours un emprunt. Mais, peu à peu, la bonne chère, le repas et l'influence du vieux bourgogne délia les langues; les deux amis ne demandaient qu'à égayer le gros Master Chrysocal et celui-ci finit par se laisser gagner par leur entrain.

Au café, il interpella son neveu :

— Dis donc, Willy, tu ne paraissais pas si guilleret que cela, il y a une heure? As-tu donc, depuis ce moment, découvert la poule aux œufs d'or?

— Ma foi! peu s'en faut, mon oncle : j'ai mis, *nous* avons mis, plutôt, la main sur une affaire merveilleuse et par un hasard providentiel.

— Oh! fit l'oncle avec un rire incrédule, je les connais tes affaires merveilleuses : des drogues que tu crois inventer et que le premier chimiste venu a imaginées avant toi.

En tout autre temps, Strass se serait fâché; cette fois-ci il sourit avec confiance.

— Dites tout ce que vous voudrez, mon oncle; je parie dix mille francs que mon secret est à moi seul, pour le coup; voulez-vous tenir le pari?

— Pourquoi non? dit Master Chrysocal qui vidait son troisième verre de wisky.

— C'est dit?

— C'est dit. Comme je suis sûr d'être vainqueur!

— Mais alors, explique-moi ton affaire. Si je la trouve neuve, je promets de payer rubis sur l'ongle.

Strass et son ami étaient devenus pâles de saisissement : dix mille francs ! ils allaient avoir dix mille francs ! Car ils ne doutaient pas de gagner leur pari.

Les jeunes gens rapprochèrent leurs chaises de celle de l'oncle et baissèrent le ton ; mais la salle s'était vidée peu à peu car il se faisait tard et nul ne pouvait les entendre.

— Nous ne vous développerons pas le thème, cher oncle, commença Strass avec chaleur, ce serait trop long et nous avons besoin de mûrir le projet nous-mêmes ; l'idée, je dois l'avouer, n'est pas de moi, mais de mon aide et ami Jacques Nickel.

— Parbleu ! je m'en doutais, fit l'oncle.

— Et je dois avouer aussi que l'idée nous a été suggérée par deux enfants.

— Ah ! ah ! ah ! j'ai gagné d'avance : elle doit être jolie, la trouvaille ! ricana Master Chrysocal. Mes amis, je crois que vous avez mal fait de venir ici.

— Heureusement que nous n'y restons pas, mon oncle. Dans quelques jours, munis de vos dix mille francs dûment conquis, nous nous embarquons pour l'Inde, l'Amérique ou l'Océanie au choix.

— Êtes-vous fous ?

— Pas le moins du monde, mon oncle ; non seulement nous jouissons de tout notre bon sens, mais encore d'une imagination féconde ; ou, du moins, l'ami Nickel, car pour moi je ne suis que son écho. Oh ! ces Français ! quel esprit !

Ah! il est certain qu'il nous faudra...

— Je ne vois pas encore ce que vous allez faire en Océanie, ou...

— Fortune, mon oncle, avec un remède tout à fait nouveau; nous serons associés, Nickel et moi, et nous allons devenir des spécialistes distingués; je ne nous donne qu'un an pour arriver à la célébrité et à la richesse.

— Mon pauvre ami, permets-moi de te dire que tu te fais illusion encore une fois; or, moi qui en suis revenu, des illusions...

— Attendez, mon oncle, avant de nous plaindre; nous avons trouvé un traitement spécial pour les enfants faibles et rachitiques.

— Bon! ils ont l'huile de foie de morue, l'eau de chaux, l'orthopédie.

— L'huile de foie de morue, si répugnante, sert surtout à fortifier les poumons; l'eau de chaux sera détrônée, l'orthopédie n'aura plus qu'à se croiser les bras; nous nous occuperons de donner aux jeunes os la moelle, la souplesse, la vigueur.

— Par quel moyen?

— Dites-moi quel est l'animal le plus souple, le plus agile, le plus flexible, parmi les mammifères vertébrés, j'entends.

— Le singe, parbleu!

— Le singe, vous l'avez dit.

— Je ne vois pas...

— Eh! non, vous ne voyez pas, mon oncle, parce que vous n'avez pas étudié comme nous la chimie et l'histoire naturelle. Voilà notre plan : nous allons nous établir chez ces messieurs, dans le pays où abondent les plus forts, les plus robustes ou les mieux constitués. Nous leur faisons la chasse.

— Avec ça que ce sera facile!

— Ah! il est certain qu'il nous faudra vaincre quelques obstacles, franchir quelques difficultés, braver quelques dangers. Tout ne sera pas rose dans le métier, mais avec du courage on arrive à bout de tout. Donc, nos singes capturés et tués, nous extirpons la moelle de leurs os, nous y ajoutons un peu de ce calcaire broyé et nous en formons, mélangée à autre chose pour en faciliter la digestion, un sirop, une purée, une gelée qui, prise à doses plus ou moins fortes selon l'âge ou le tempérament du sujet, communiquera aux os débiles la vigueur et la souplesse des quadrumanes.

Vivement intéressé, Master Chrysocal laissait s'éteindre son cigare, ce qui était l'indice chez lui d'une grande préoccupation. Soudain, il tendit les bras aux deux jeunes gens :

— Mes amis, vous avez du génie! s'écria-t-il.

— Je le pensais bien, répondit modestement Nickel.

L'Anglais ouvrit son carnet de chèques qu'il portait toujours sur lui, et en déchira une feuille après y avoir inscrit une certaine somme.

— Douze mille francs! — lut William avec ravissement. Oh! mon oncle que vous êtes bon!

— N'est-ce pas? fit Chrysocal pour ne pas se laisser dépasser en modestie. Dix mille francs pour mon pari perdu et deux mille en cadeau afin de fêter la bonne idée.

Il est certain que ce n'était pas un capital énorme pour commencer un long et périlleux voyage et une entreprise pareille; mais l'oncle fermait habituellement à son neveu sa bourse autant que son cœur; quant à son cœur, le pharmacien n'en avait que faire, mais sa bourse c'était autre chose. Et voilà que, d'un seul coup, le vieillard ouvrait les deux!

C'était un joli début; nos amis, qui ne s'attendaient pas à une telle munificence, accablèrent Master Chrysocal de marques d'affection et de gratitude.

Je ne sais si leur bon souper en fut cause, ainsi que la quasi-certitude de réussir, mais les jeunes gens firent des rêves couleur de rose dans leur commune chambre du troisième étage, tandis que l'oncle, fatigué par une digestion pénible, eut des cauchemars affreux.

William Strass rêva qu'il épousait une jeune guenon dont les os renfermaient de l'or au lieu de moelle.

Jacques Nickel rêva que les habitants de Sumatra le nommaient roi de leur île, tandis que les Hollandais faisaient une tête!

III

UNE PROPOSITION A BRIOCHE

Le lendemain de cette mémorable journée, après avoir avalé leur thé et fait leur toilette, nos deux amis allèrent d'abord toucher, au Crédit Lyonnais, les douze mille francs de l'oncle Chrysocal, puis ils se rendirent à la Bibliothèque Mazarine, rue de Richelieu, où on leur délivra une carte d'entrée et où, pendant huit jours, ils devaient compulser de gros volumes parlant de l'Inde, de l'Océanie, de l'Amérique, et les livres de monsieur de Buffon qui traitent des singes.

Chaque matin et chaque après-midi, ils se livraient à ce laborieux travail, interrompu seulement par un modeste déjeuner pris au restaurant Duval, rue Montesquieu et par une promenade hygiénique d'environ une heure.

Une semaine après, ils arrêtaient leur passage à bord d'un vapeur français en partance pour Batavia.

Quarante-huit heures environ avant le départ pour Marseille, Nickel pensa à Brioche, le petit commissionnaire bavard, et, après s'être concerté avec son maître devenu son égal et son associé, il se dirigea vers la rue des Martyrs. Il ne trouva pas l'enfant au gîte, mais le père Lacrampe, son propriétaire, promit d'envoyer le gamin le soir même à l'hôtel de Londres.

Brioche fut exact au rendez-vous.

— Vous avez besoin de moi, patrons? le père Lacrampe m'a dit que vous étiez venus me demander à mon domicile.

Notez que *son domicile* se composait d'une botte de paille, dans un réduit de six pieds carrés.

— Nous t'avons fait demander en effet, clampin, mais nous ne savons si tu seras apte à remplir les conditions que nous exigeons.

— Qu'est-ce qu'il faut charger? dit Brioche en regardant autour de lui. On n'est pas gras, mais on a du biceps.

— Il ne s'agit pas de bagages. Dis-moi, aimes-tu le travail?

— On préfèrerait certainement mieux vivre en rentier, répondit le gamin parisien, et l'on ne recule pas devant le plaisir, mais on ne reste jamais oisif non plus. Je dis que c'est honteux de ne pas gagner sa vie quand le Créateur vous a donné deux braves mains au bout de deux bons bras, avec la jeunesse, la santé et un peu d'estoc dans la caboche.

— C'est bien; nous voyons que tu es un honnête

petit homme. Tu serais heureux de voyager, as-tu dit?

— J'adore les voyages, mais le mauvais état de ma fortune ne m'a permis encore de me livrer à cette passion. J'irais où l'on voudrait, soit en chemin de fer, soit en bateau, soit en ballon, soit à pied même, pourvu qu'on me fournisse la chaussure.

Le pharmacien et son ami échangèrent un coup d'œil signifiant : « C'est tout à fait ce qu'il nous faut. »

— Es-tu poltron? demanda encore Nickel.

— Je ne crains que *la rousse*, non que j'aie jamais volé ni assassiné, mais les sergents de ville n'estiment pas beaucoup le métier de vagabond que j'exerce.

— On ne rencontre pas de policeman dans le pays où nous irions; mais on y rencontre autre chose.

— Quoi donc?

— Des tigres, des lions, des singes féroces, quelques éléphants.

— Je ne dis pas que je causerais volontiers avec eux, mais s'ils veulent me laisser prendre leurs dents ou leur robe, ça m'irait : on en tirerait de la galette.

— Enfin, mon enfant, il faut que je te prévienne que si nous t'emmenions avec nous dans ces pays où nous voulons tenter fortune, nous ne pourrions te donner de gages que lorsque nos affaires seraient en bonne voie; alors, tu aurais une part dans les bénéfices

— Ça me va d'autant mieux que si nous naviguons dans les forêts vierges, je ne saurais où placer mon argent. Vous me donnerez tout en bloc quand vous voudrez. Ainsi, on aura de la soupe tous les jours ?

— Et plus que de la soupe. Par exemple, quand nous nous trouverons en chasse dans les bois, je ne te garantis pas que le couvert sera dressé à l'heure dite.

— Ça m'est égal, on sait se mettre à la hauteur des circonstances ; vous verrez ça.

— Ensuite, nous te paierons le voyage de Paris Marseille.

— Quelle veine ! moi qui n'ai jamais été plus loin que Courbevoie, sur le haut d'un tramway !

— Mais nous sommes dans l'impossibilité de fournir l'argent de ton passage à bord jusqu'à Batavia.

— Ah ! diable, fit Brioche dont la figure s'allongea d'une aune ; mais, j'en suis encore plus incapable, moi ! Comment que nous allons faire, alors ?

— Voilà : j'ai demandé au capitaine s'il prendrait, en plus de nos deux places, un jeune garçon qui aiderait les mousses et rendrait quelques services aux voyageurs.

— Il a dit que oui ?

— Il a accepté, sauf naturellement, si l'enfant ne lui plaît pas.

— On lui plaira, on lui plaira ! vous verrez ça ! cria Brioche qui, dans sa joie, se mit à danser une gigue au-dessus de la tête des voyageurs du deuxième étage.

— Tu seras, comme qui dirait, *le chasseur* du navire : *le Phocéen.*

— Et j'aurai un habit bleu à boutons d'or ?

— Probablement.

— Mon Dieu ! fit Brioche avec extase, moi qui ai toujours envié le sort du petit gars qui ouvre et ferme les portes à l'hôtel Terminus !

— Tu seras donc aimable avec le capitaine Malabor et avec les passagers du *Phocéen.*

— Quant à ça, oui. Je blague un peu, mais je ne suis pas méchant ; mettez un brin de vivacité, de colère à l'occasion, pas assez de sérieux dans les situations critiques, ajoutez une pincée de gourmandise et vous aurez un aperçu de mon caractère.

— Tu as la langue bien pendue aussi, il me semble.

— Pas mal et vous ? Y a des circonstances où ça sert, patron ; et puis, je connais toutes les mimiques à employer pour se faire comprendre des sauvages et pour faire rire même un cannibale.

Les deux amis finirent par rire eux aussi et renvoyèrent Brioche en lui enjoignant de se tenir prêt à partir le lendemain soir.

Brioche n'eût garde d'oublier le rendez-vous : le vendredi à cinq heures, il apparut à l'hôtel de Londres armé de pied en cape ; il avait peigné sa tignasse brune, car il portait beaucoup de cheveux sur très peu de tête ; lavé soigneusement ses mains et son visage en général imparfaitement nets; sa blouse avait été passée au savon et sa culotte rapiécée par une voisine compatissante. Les souliers pouvaient aller encore, mais les chaussettes manquaient; bah! ce détail importait peu à Brioche.

Pour tout bagage, il emportait un mouchoir de poche à carreaux jaunes qu'il avait trouvé dans la rue, et un bon couteau, présent d'un ouvrier aisé auquel le gamin avait rendu service dans le temps. Pour toutes provisions, il gardait quelques noix et un petit pain de seigle.

Ainsi chargé, il put facilement prendre en main la valise de Strass, et l'on descendit au bureau où la dépense de l'Anglais et de son ami fut réglée. Puis, on héla un coupé qui prit les malles et les emporta avec les deux hommes et leur petit camarade à la gare de Lyon.

L'enthousiasme de Brioche était si vif, qu'en chemin, il se contenait pour ne pas crier aux passants :

— Admirez-moi, respectez-moi : je pars pour l'Afrique.

Car Brioche avait des notions géographiques très élémentaires et on ne lui avait encore donné que peu de détails sur le pays qu'il allait voir; il savait seulement qu'il quittait la France; peu lui importait que Batavia fût dans une partie du monde ou dans l'autre! Il voyageait non seulement sans débourser un centime, mais encore, il rapporterait peut-être une petite fortune de sa tournée à l'étranger.

Le trajet en chemin de fer fut un rêve; placé dans

l'angle de son compartiment de seconde classe, en face du pharmacien et à côté de Nickel, Brioche amusait tous les voyageurs par ses étonnements naïfs et ses saillies originales.

Comme on était en septembre et que les nuits sont encore chaudes en cette saison, il garda la vitre abaissée et, grâce à la lueur de la lune, il ne manqua ni une station, ni un joli site, ni un village.

Quand le jour reparut, Brioche était changé en nègre, son visage ayant accaparé toute la fumée et la poussière, et il pleurait d'un œil où s'était logé un grain de charbon.

Quoique Brioche fût accoutumé aux splendeurs de Paris, la vue du port marseillais tout hérissé de mâts, et surtout celle de la mer lui arrachèrent des cris d'allégresse.

Il va sans dire qu'il plut au capitaine Malabor qui l'admit sur son navire en qualité de mousse-chasseur.

Il y avait déjà sur le pont et dans les cabines grand va-et-vient de marins et de commissionnaires.

Brioche savait nager comme un poisson, ayant appris cet art dans la Seine où l'on s'instruit entre gamins; il s'offrit donc la volupté d'un bain de mer ainsi que ses deux patrons; puis, comme nos voyageurs avaient encore une demi-journée devant eux avant l'embarquement, ils arpentèrent la ville dans tous les sens et dînèrent au Prado.

Le soir, ils dormaient à poings fermés, les deux hommes dans une même cabine, l'enfant dans un hamac suspendu au cadre des matelots. Très fier de cet avantage, Brioche n'était pas loin de se considérer déjà comme un loup de mer.

Le lendemain, vêtu d'un habit bleu à boutons d'or, il faisait l'aimable auprès des passagères et aidait les porte-faix qui descendaient les bagages dans les cabines ou dans la cale.

IV

LES CONQUÊTES DE BRIOCHE

Le tangage commençait à secouer fortement les estomacs, grâce à un peu de mistral qui avait poussé le *Phocéen* loin des côtes de France.

De nos trois amis, Jacques Nickel seul fut malade; les deux autres avaient le pied et le cœur marins.

Beaucoup de voyageurs et surtout de voyageuses se réfugiaient dans leurs cabines, et le pont était déserté.

Brioche s'employait un peu partout, promenant

sa bonne humeur inaltérable et amusant les malades par ses saillies piquantes.

Il devenait déjà le favori, non seulement du capitaine et de l'équipage, mais de tous les passagers; on le laissa un peu chômer et il eut un ouvrage facile et à peu près facultatif.

Pendant les heures de souffrances, Strass tint fidèle compagnie à son ami Nickel, et Brioche les divertissait tous les deux par ses récits imagés; il leur dépeignait avec forces commentaires comiques les habitants du *Phocéen;* cette société, en effet, offrait plusieurs curieux échantillons de toutes les nations.

Ainsi l'on remarquait un couple espagnol dont le mari se montrait toujours hargneux et la femme d'une amabilité qui ne se démentait jamais.

Celle-ci avait pris Brioche en affection et le comblait de bonbons et de petits fours prélevés sur son dessert; attentions auxquelles le jeune garçon semblait fort sensible; comme il avait bon cœur, il partageait cette aubaine avec les mousses moins favorisés que lui.

Cette dame se nommait Conception Idropolo y Fernandès y Térancia; elle n'avait jamais eu d'enfants et le déplorait, aussi gâtait-elle formidablement ceux des autres.

Elle était grosse, brune, souriante; le marquis Idropolo, son mari, était maigre, jaune et bilieux; on ne le voyait jamais sourire; de mémoire d'homme on ne l'avait entendu rire.

Il y avait ensuite quantité de dames et de demoiselles en voiles verts, escortées de petits chiens; pas n'est besoin d'apprendre au lecteur qu'elles étaient Anglaises.

Il y avait une bonne dame de Moulins (Allier), qui allait à Ceylan recueillir un petit héritage; elle était accompagnée d'une jeune bonne qui ne connaissait guère que le patois de son pays.

Comme elles n'étaient pas plus l'une que l'autre du bois dont on fait les navigateurs, elles n'apparaissaient pas souvent, la maîtresse à la table d'hôte, la servante à celle des domestiques.

Il y avait des messieurs qui jouaient aux cartes ou qui bâillaient en regardant le ciel d'un bleu intense; des jeunes femmes mélancoliques et d'autres gaies; des malades et des bien portantes. Puis, un certain nombre de bébés, les uns courant sur le pont comme des lapins, les autres encore dans les bras de leurs nourrices. Quand celles-ci étaient trop tourmentées par le mal de mer, Brioche, toujours charitable, les déchargeait de leur nourrisson qu'il promenait et amusait.

On le rencontrait parfois, un poupon sur chaque bras, faisant l'office de nounou.

Avec lui, les bébés ne criaient jamais; au contraire, ils riaient aux éclats en montrant leurs quenottes naissantes sur leurs gencives roses.

Les fillettes et les garçonnets plus grands faisaient cercle, souvent, autour de mons Brioche pour l'écouter chanter ou parler; car il avait toutes sortes de talents de société, l'ex-gamin parisien : chansons saugrenues apprises sur les boulevards et qu'il expurgeait par égard pour les jeunes oreilles; cris d'animaux fort bien imités, etc., etc.

D'autres fois, faisant concurrence à son patron, Master Strass, il donnait, d'un air grave, des consultations et des conseils hygiéniques.

Telle cette recette originale que nous transmettons à nos lecteurs dans l'espoir qu'elle leur sera profitable.

Contre le mal de mer : prenez douze douzaines de moustiques célibataires âgés de deux mois environ; frottez-les de vinaigre et faites-les macérer dans l'eau-de-vie pendant quarante-huit heures : mêlez-y quelques gouttes d'opium, une pincée de farine, six onces de sucre, et servez chaud ou froid selon que vous aimerez.

C'était aussi Brioche qui allait proposer au maître coq de faire la cuisine à sa place.

— Je sais confectionner une omelette sans œufs, lui disait-il, et ce n'est pas tout le monde qui peut se vanter d'un tel talent.

Mais le maître coq lui riait au nez et l'envoyait à son ouvrage.

Le soir, quand la mer bleue berçait doucement le *Phocéen*, que les matelots chantaient dans les cordages ou se reposaient, couchés sur le pont, les passagers organisaient un concert ou un bal, ou une petite comédie au salon; alors Brioche leur faisait concurrence et devenait le chef de formidables parties de cache-cache et de toutes sortes de jeux auxquels prenaient part les enfants assez grands pour courir ou parler.

Puis, on dansait, et le jeune garçon était également le directeur de la sauterie; bref, il était aimé de tous, nous le répétons, et, s'il avait fallu le perdre à l'une des premières escales du *Phocéen*, personne ne s'en serait consolé sur le navire, et le capitaine Malabor aurait été obligé de le reprendre bien vite.

Grands dieux!... qu'aurait-on fait sans Brioche, le chasseur, l'amuseur, la bonne d'enfants, le commissionnaire des passagers?...

Brioche n'avait qu'un seul ennemi à bord du *Phocéen* : c'était *Carmagnole*, un chien de taille moyenne qui montrait ses crocs au jeune garçon dès que celui-ci apparaissait; une fois même il l'avait mordu.

— Au mollet, disait Brioche, ça ne fait rien; heureusement que je suis maigre, il n'a pas pu emporter le morceau.

Carmagnole appartenait à une blonde fille d'Albion, une des passagères au voile vert, qui avait de longues dents et un vaste appétit. Son chien la suivait partout; elle l'avait baptisé d'un nom français; je ne sais pas si vous avez remarqué que nous appelons facilement à l'anglaise nos chiens et nos chevaux; par contre, nos voisins d'outre-mer donnent aux leurs les noms que nous ne songeons plus à leur appliquer.

Ainsi l'on remarquait un couple espagnol...

Naturellement, la maîtresse de *Carmagnole* adoptait l'antipathie de son cher compagnon de voyage, et elle dardait à son tour des regards aigus sur le pauvre Brioche quand elle le rencontrait.

Trop Français, c'est-à-dire trop poli pour se venger d'une femme, le jeune Parisien se dédommageait avec *Carmagnole :* il lui adressait des grimaces pitoyables, à faire fuir un hippopotame; il lui offrait du poivre à renifler, lui envoyait en plein museau des bouffées de tabac et lui adressait des discours... pas précisément tendres, qui faisaient aboyer le chien, quoiqu'il n'en comprît pas toute l'ironie.

— Tue-le donc, ce satané animal! dit un jour un des mousses à Brioche. Quand la demoiselle crierait un peu, la belle affaire! on ne se laisse pas insulter par une vilaine bête comme ça.

Mais Brioche secoua la tête :

— Bah! répondit-il, le *Carmagnole* ne m'inquiète guère! D'abord, je n'ai pas peur de lui: ensuite, je n'ai pas le droit de le tuer, comme tu le dis; le capitaine Malabor me reprocherait avec raison de manquer d'égards pour sa passagère, et la dame de Londres de lui déchirer l'âme. Je ne l'empêche pas de faire des mamours à son chien, cette bonne Miss Currel, ni de le nourrir de biscuits à notre barbe; ni de bassiner son lit tous les soirs pour qu'il fasse de doux rêves, mais je n'entends pas me laisser croquer les mollets par lui, et la prochaine fois qu il y reviendra il attrapera une bonne rossée, voilà!

Ces malheureuses Anglaises, elles pullulent dans tous nos véhicules de voyages; ça devient un abus et je vois qu'il faudra que j'écrive au gouvernement pour sa répression, car ces gens nous encombrent en vérité. Sur le pont, à table, partout, on n'entend plus que des *yes*, *aho! indeed*, *my dear!...* sans compter l'espagnol et l'allemand; on se croirait revenu au temps de la tour de Babel.

Puis, apercevant *Carmagnole* qui s'étendait sur un *rocking-chair* en se donnant des airs de pacha, Brioche lui lança au museau un projectile inoffensif.

Très vexé, l'animal se redressa : il n'était pas chien à se laisser marcher sur la patte, même au figuré, et la mauvaise plaisanterie de Brioche parut peu de son goût.

Mais, au même instant, quelqu'un appela le jeune chasseur du *Phocéen*, et *Carmagnole* se vit débarrassé de son ennemi.

Sa maîtresse ne tarda pas à venir s'asseoir à côté de lui, et elle entreprit une conversation profonde avec cette bête; mais *Carmagnole* semblait pensif, morose depuis quelque temps : il manquait d'appétit et devenait maigre; son poil se hérissait, sa queue se serrait comme celle des chiens effrayés.

— L'air de la mer ne lui convient pas, décidément, dit le capitaine à Miss Currel d'un air mi-sérieux, mi-railleur.

— Alors, je débarquerai à la première escale répondit la bonne demoiselle alarmée.

La première escale était Aden, car on avait déjà passé Suez et la mer Rouge; par malheur, Miss Currel crut pouvoir aller plus loin, quoique son cher *Carmagnole* ne fût pas mieux portant; au contraire, il devenait de jour en jour plus étrange, et le médecin du bord, en passant un matin près de lui, hocha la tête en murmurant :

– Si cela continue, il nous faudra occire cet animal.

Miss Currel l'entendit et poussa des cris de paon en serrant contre son cœur l'infortuné *Carmagnole.*

Si le docteur eut agi, à ce moment, au lieu de parler, il eût évité la catastrophe dont nous parlerons tout à l'heure.

Peu d'événements eurent lieu pendant la première partie de la traversée du *Phocéen;* à Aden, la petite société flottante perdit quatre de ses membres les plus joyeux, mais acquit toute une fournée de nouveaux passagers : un papa et une maman natifs de Manchester et dix-sept jeunes milords; tout compte fait, trente-quatre longues jambes raides et autant de favoris rouges; tout ce monde au galbe anguleux, vêtu d'habits à carreaux pourvus d'un nombre incalculable de poches; quelques misses jaunes de cheveux, blanches et roses de teint les accompagnaient en qualité de sœurs; cette famille se rendait à Calcutta.

Quant au señor Idropolo y Fernandès y Térancia, hargneux époux de l'aimable Conception, qui avait formé le projet de s'établir à Goa, il prit un tout autre chemin que celui de l'Inde, car il passa dans l'autre monde, emporté en quelques heures par une fièvre maligne. Sa veuve le pleura, quoiqu'il ne l'eût pas rendue fort heureuse, et il fut peu regretté sur le *Phocéen.*

La chaleur était accablante dans ces parages de l'Océan Indien, mais nulle autre perturbation ne se produisit dans la santé des passagers; nous ne parlerons plus que de la catastrophe annoncée plus haut.

Cette après-midi-là, une petite brise soufflait de l'est et rafraîchissait les pauvres poumons brûlés récemment par un air suffocant; réunis sur le pont, les voyageurs, en robes de mousseline ou en habits légers, aspiraient avec délice ce petit vent suave.

Les enfants jouaient sous la haute direction de Brioche et sous la surveillance des matelots alignés sur le plancher et fumant leur pipe; les mousses chantaient dans les vergues, les officiers causaient sur la dunette avec le capitaine; les voiles frissonnaient aux mâts; la mer berçait le navire avec de petites mélodies douces.

Tout à coup un cri de femme retentit, un de ces cris horribles, épouvantables, qui glacent le sang dans les veines :

— *My dog is mad... Mad!... Mad!...*

Ceux qui savaient l'anglais comprirent « enragé! » Il y avait un chien enragé sur le bateau!... et ce chien était *Carmagnole!*

Miss Currel, blême de terreur, accourait, les

bras étendus... Les passagers se levèrent d'un commun mouvement; les hommes se mirent devant les femmes; les femmes se précipitèrent vers leurs enfants.

D'un bond, le capitaine Malabor et ses officiers furent de la dunette sur le pont; les matelots attendaient les ordres, debout, prêts à courir où il faudrait.

Mais l'animal ne se montrait pas.

— Où est-il? demandait-on à Miss Currel.

— Il était là, répondit-elle en indiquant le point du bateau où elle se promenait l'instant d'auparavant; mais, pris d'une furie soudaine, il s'est enfui je ne sais où.

Il ne fallait pas songer à se réfugier dans les cabines; personne ne remuait; un silence mortel pesait sur tous.

Où était le chien? Peut-être là, à deux pas, derrière ce rouleau de câbles; peut-être dans l'entrepont, prêt à se jeter sur le premier qu'il apercevrait...

Cependant le capitaine, à la tête de ses hommes, commença à fouiller le navire avec précaution; les messieurs parlaient de conduire les femmes et les enfants en bas, après avoir inspecté le salon.

Ils n'en eurent pas le temps : de nouveaux cris s'élevèrent :

— Le voilà! le voilà!

Un coup de feu retentit, mais n'atteignit pas l'animal qui, furieux, affolé par le bruit, bondit au milieu du pont, la lèvre baveuse, l'œil sanglant.

Les bébés pleuraient, les nounous se lamentaient, les femmes étaient livides; Miss Currel luttait entre son amour pour *Carmagnole* et la peur d'une morsure affreuse.

La chasse dura encore quelques minutes qui parurent longues comme des siècles; enfin le revolver d'un des officiers toucha la misérable bête qui s'affaissa aussitôt.

Le capitaine Malabor se précipita le premier pour s'assurer si le chien était bien mort, quand celui-ci, dans un effort suprême, se redressa et le mordit violemment au poignet gauche.

Le marin ne poussa pas un cri; il devint seulement très pâle; lui qui ne tremblait pas devant la tempête, il faiblissait devant une mort hideuse, épouvantable : la rage.

Tandis qu'on achevait le chien, le capitaine, recouvrant son sang-froid, s'avançait d'un air souriant vers ses passagères afin de les rassurer.

Mais Brioche, qui avait suivi les chasseurs, lui, armé d'une gaffe et malgré Strass et Nickel qui tentaient de le retenir, Brioche venait de voir cette scène inquiétante, et tandis que deux officiers couraient avertir le médecin, il saisit le membre blessé de Malabor et se mit à sucer vigoureusement la plaie saignante.

— Que fais-tu, petit malheureux? s'écria le marin en essayant de se dégager.

— Je fais l'office de sangsue, capitaine, si vous le permettez. Bougez pas, je vous en prie, vous dérangeriez tout mon système.

Les passagers faisaient cercle autour d'eux, et approuvaient l'enfant en suppliant le capitaine de le laisser agir.

Le médecin, qui arriva sur ces entrefaites et qui venait d'examiner le cadavre du chien et de le faire jeter à la mer, affirma que le remède employé par Brioche était le meilleur, et il s'assura que le gamin n'avait aucune fissure aux lèvres, aucune écorchure dans la bouche. D'ailleurs, Brioche rejetait le venin après l'avoir sucé; il entrecoupait sa petite opération des réflexions les plus saugrenues et personne ne pouvait s'empêcher de rire; quant au capitaine, il riait de meilleur cœur encore que tous.

Quand ce fut fini, le médecin força Brioche à se rincer la bouche avec de l'eau et du phénol, et il alla soigner le poignet du capitaine.

Le même soir, il n'y paraissait presque plus; l'émotion était calmée; le cadavre de *Carmagnole* gisait au fond de la mer; Brioche *blaguait* plus que jamais et tout le monde était joyeux, sauf Miss Currel qui pleurait son cher toutou dans la solitude de sa cabine.

Brioche découvrit un vieux crêpe noir dans la défroque de Madame Idropolo, etc., qui lui en fit don, et il alla l'attacher à la porte de l'Anglaise; mais, au bout d'un instant, il se dit que c'était peu généreux à lui de railler une douleur même un peu ridicule, et, suivant le mouvement de son bon cœur, il jeta le chiffon à la mer.

Cet incident, vous le devinez, resserra la bonne intimité qui régnait parmi les habitants du *Phocéen;* ce même soir, le capitaine Malabor offrit du champagne à ses passagers et à ses officiers; Brioche en eut sa part et l'on porta un toast en sa faveur, ce qui le remplit d'un légitime orgueil.

— Tu seras désormais comme mon fils, lui glissa Malabor à l'oreille en embrassant le jeune garçon, et je n'oublierai jamais ce que tu as fait aujourd'hui, brave et généreux enfant.

Hélas! pauvre capitaine! il s'avançait bien en disant cela; il ne se doutait guère qu'il allait se trouver bientôt dans l'impossibilité la plus absolue de remplir cet engagement...

Mais l'heure actuelle était souriante et belle, et chacun se livrait à de douces espérances.

— Quelle veine j'ai eue, pensait Brioche, depuis le jour que j'ai porté les petits bagages de M'sieu Strass! V'là que j'ai filé avec eux pour faire un magnifique voyage; je suis le favori, le chéri de tout l'équipage; on se m'arrache. Messieurs Strass et Nickel m'adoptent, le capitaine m'adopte, la grosse dame Idropolo y toutes sortes de choses, veut m'adopter... Ben! moi qui ne me trouvais pas assez de parents au monde, m'en v'là fourni pour longtemps.

Ma fortune sera bientôt faite, et quelle fortune! tous les trésors des Rothschild ne seront rien à côté des nôtres dans un an d'ici; je ne m'étonnerais pas un beau matin de me réveiller premier page de la reine du Monomotapa. Oh! sapristi! j'ai déjà oublié le temps que je mangeais de la vache enragée, où je travaillais pour le maçon Aubertier qui me donnait du pain sec à dîner et des soufflets pour mon dessert... C'est le père Lacrampe, aussi, qui ferait une tête de me voir arrivé presque au faîte des grandeurs! Mais il y a loin du golfe du Bengale à la rue des Martyrs, et le père Lacrampe est à trop grande distance pour me féliciter; aussi je me félicite tout seul.

Pendant que notre ami Brioche remercie la Providence de lui préparer un avenir si brillant, Strass et Nickel se livrent, eux aussi, aux plus doux rêves, et le *Phocéen*, avec une indolence de grand seigneur, se laisse bercer sur les eaux vertes de l'Océan Indien et touche doucement à Pointe de Galles, au sud de l'île Ceylan.

V

L'HEURE DE LA GUIGNE

A Pointe de Galles, le *Phocéen* laissa de nouveaux voyageurs; tous ces compagnons de navire qui avaient partagé, durant trois semaines, les peines et les plaisirs d'une traversée, ne devaient plus se revoir que dans la vallée de Josaphat.

Déjà, Miss Currel avait quitté le vaisseau, les ladies en voiles verts l'avaient déserté peu à peu; la dame de Moulins et sa petite bonne descendirent à Pointe de Galles; enfin la veuve Conception Idropolo y Fernandès y Terancia qu'on devait débarquer plus haut, changea ses plans et résolut d'aller jusqu'à Batavia.

La plupart des bébés s'étaient dispersés en chemin; bref, le nombre des passagers du *Phocéen* devenait bien restreint, et la vie à bord n'offrait plus beaucoup d'attrait.

Malgré l'extrême chaleur et la mélancolie qui accablaient les restants, on s'égayait encore aux tours plaisants que jouait Brioche.

L'ex-gamin des boulevards parisiens supportait également le froid et les ardeurs de la canicule; son insouciance joyeuse faisait l'étonnement de tous; ainsi qu'il le disait jadis à la fillette infirme de l'hôtel de Londres, il était de fer et de caoutchouc, et ses os conservaient la souplesse vigoureuse de la gent singe.

A Singapoor, le *Phocéen* dut subir une petite réparation et, par conséquent, faire une escale de trois jours.

Ce fut une fête pour nos amis qui éprouvaient un vif désir de se dégourdir les jambes en tâtant du plancher des vaches.

Le capitaine Malabor voulut absolument offrir à Brioche un présent qui lui fût utile : il lui donna un billet de dix livres sterling, en lui recommandant de les placer tout de suite à Singapoor, dans une maison de banque dont il lui écrivit l'adresse.

— Voyez-vous ça, disait le jeune garçon à qui voulait l'entendre, me v'là rentier sans avoir rien fait pour le devenir; c'est joliment agréable, moi qui désirais aller en Amérique, le pays où qu'il pousse des oncles à héritage! J'ai encore plus de veine en venant ici.

Pour comble de chance, la marquise Idropolo, qui aimait beaucoup Brioche, comme nous le savons, doubla la somme afin de n'être pas en reste avec le capitaine Malabor, et Brioche se trouva à la tête d'un capital de cinq cents francs.

Mais Singapoor ne devait pas lui porter bonheur; sans doute que l'heure de la guigne avait sonné, et que nos amis : Strass, Nickel et Brioche, allaient se voir aux prises avec la difficulté.

Ils se promenaient nonchalamment, les mains dans les poches, dans la bonne ville de Singapoor qui, ainsi que vous devez le savoir, appartient aux Anglais et est située au sud de la petite île du même nom, de l'Inde Transgangétique (au-delà du Gange); cette ville, qui n'était autrefois qu'un misérable village et qui fut fondée en 1819, par sir Thomas Baffles, s'est beaucoup accrue depuis ce temps; on y compte bien aujourd'hui plus de quarante mille habitants et l'on y fait un commerce énorme.

Nos voyageurs croisaient à chaque instant des Européens, surtout des Anglais coiffés de ces *chapeaux-cloches* gris si utiles contre le soleil; des Arabes vêtus de blanc, des Arméniens basanés, des Hindous à demi-nus, des Chinois aux longues queues et des Malais noirs et rusés.

Brioche, comme vous le pensez, n'épargnait pas ses réflexions sur les indigènes et amusait ses compagnons par toutes sortes d'originalités.

A Pointe de Galles où ils avaient passé quelques heures, ils avaient admiré le fort qui défend la ville et qui est situé sur un rocher; le port, vaste et beau, et ils s'étaient divertis à regarder pêcher et à voir embarquer le produit de la pêche.

A Singapoor, ce n'était plus la même chose, et le spectacle, quoique nouveau, leur parut moins curieux. Afin de souffrir le moins possible de la chaleur, ils s'étaient vêtus fort légèrement et un peu *à la diable*. Brioche, entr'autres, avait l'air d'un franc voyou.

— Bah ! disait-il, nous n'allons pas dans le monde et nous ne comptons pas danser au Casino ; donc, ne nous gênons pas; dans la gêne il n'y a point de plaisir.

Seulement, il avait eu soin de serrer ses cinq cents francs dans sa ceinture, et nos amis projetaient de les déposer au nom de Brioche, le plus tôt possible, à la maison de banque désignée par le capitaine Malabor.

Par exemple, ils se laissèrent tenter d'abord par les délices de Capoue et allèrent déjeuner dans un petit restaurant qui voulait se donner des airs européens mais qui semblait plus indigène qu'anglais ou français.

Strass commanda du roastbeef saignant; Nickel se jeta sur les fruits, Brioche manifesta le désir de se bourrer de pain d'épice frais; ils se délectèrent, de plus, avec des sorbets exquis et des glaces surfines; ce qui rappela à Brioche le temps où, après une journée fructueuse, il enfonçait sa langue gourmande dans les petits verres grossiers des glaciers ambulants, à Paris.

Mais, quand vint le moment de payer la note, les choses changèrent de face; lorsqu'on apporta l'addition au bon William Strass, sa figure s'allongea et devint grave.

Nickel, lui, lisait par-dessus son épaule et poussa une exclamation qui avait une rude ressemblance avec un juron; quant à Brioche, il attendit qu'on parlât, tandis que le maître de l'auberge, indifférent en apparence, feignait de tourmenter sa moustache d'un air bon enfant.

Cet homme, amoureux du bien d'autrui, grugeait le plus possible ceux qui venaient s'attabler chez lui, et, grâce à cet honnête commerce, il s'arrondissait déjà un joli petit pécule.

Il avait flairé en nos trois amis, de piètres clients, mais quelques paroles imprudentes échappées à Brioche lui apprirent qu'ils étaient porteurs d'une certaine somme, et il profita de sa découverte.

Le total des trois déjeuners, pourtant modestes, s'élevait à *110* francs, café compris: l'hôtelier avait eu cette générosité.

Cent dix francs! Strass et Nickel ne s'étaient munis que d'une faible somme, afin de n'être pas entraînés à la dépense, et leur indignation monta à son comble en se voyant volés, volés aussi bien que dans un bois.

Devant leur embarras, le gentil Brioche débouclait déjà sa ceinture, prêt à offrir son billet de vingt livres, quand son maître l'arrêta du geste.

— Non, dit-il, nous ne pouvons souffrir que ce malotru se moque ainsi de nous, ce ne serait pas de notre dignité; nous allons lui donner quinze francs et une tripotée, et ce sera bien payé.

— Faut-il vous aider, patron? fit le jeune garçon en retroussant ses manches.

Strass lui signifia de demeurer tranquille, puis, il attaqua son adversaire. Jadis, à Londres, il avait pris des leçons de boxe et, pour la première fois de sa vie peut-être, il allait user de ce talent précieux à nos voisins d'outre-mer.

Malheureusement, il n'était pas habitué à la température de ce pays et, qui plus est, il venait de déjeuner copieusement; il ne se trouvait donc pas dans les meilleures conditions pour vaincre au pugilat.

Bientôt ses membres ruisselèrent, son poing faiblit, sa vue se troubla, son ennemi allait lui porter un coup décisif et Nickel, dans sa loyauté, n'osait secourir son cher William, lorsque Brioche, dont la conscience était moins chatouilleuse, saisit brusquement l'hôtelier aux jambes, par derrière, et le méchant homme tomba, le nez sur la table, au milieu des bouteilles; le verre brisé lui fendit même l'appendice qui formait le plus bel ornement de sa figure, et son sang jaillit avec abondance.

Comme ils le virent blessé sans gravité, nos amis le laissèrent hurler et appeler au secours; Strass déposa trois pièces de cinq francs sur la table; Nickel versa une carafe d'eau glacée sur le nez endommagé, et Brioche esquissa, à la barbe de l'in-

Brioche, dont la conscience était moins chatouilleuse...

fortuné, une grimace que mes jeunes lecteurs doivent ignorer, j'en suis sûr.

Je suis obligé de réclamer leur indulgence pour mon gentil héros dont les paroles, les faits et gestes laisseront parfois un peu à désirer; qu'on lui pardonne en songeant que le monde *distingué* avec lequel Brioche avait vécu jusqu'à son embarquement sur le *Phocéen*, ne lui avait pas donné les habitudes qu'on rencontre chez la fine fleur du faubourg Saint-Germain.

Les trois compagnons s'éloignèrent donc satisfaits; seul, Brioche murmura en hochant sa tête chevelue :

— Dommage que j'aie pas de ficelle dans mes poches! moi qui en suis toujours pourvu à l'ordinaire!

— Qu'en veux-tu faire? demanda Nickel,

— J'aurais ficelé ce voleur à sa table, au moins pour le mettre hors d'état de nous nuire pendant un certain temps.

— Bah! fit Strass avec un geste d'insouciance; il ne nous poursuivra pas, ce vilain singe; il est trop lâche pour cela et n'osera pas s'attaquer à nous.

— Qui sait! répliqua Brioche d'un air grave.

— Qui sait! répéta Nickel.

Ils pressèrent le pas et s'apprêtèrent à se rendre à la banque; mais ils pensèrent tout à coup que la maison serait fermée à cette heure de midi où tout le monde repose à l'abri de la chaleur torride, et, remettant leur course à plus tard, ils cherchèrent eux-mêmes un asile où ils pussent faire la sieste et respirer un peu de fraîcheur.

Ils finirent par trouver un nid délicieux, tout d'ombre et de silence, un peu en dehors de la ville, sous les bananiers et sur la mousse verte.

Ils s'y étendirent avec volupté après s'être assurés qu'aucun serpent, aucun insecte nuisible n'y avait pris place avant eux.

Nos trois amis ne tardèrent pas à s'endormir d'un profond sommeil, urgent pour eux à ce moment d'accablante chaleur.

Une brise fraîche, venant de la mer, caressait de temps à autre leurs visages paisibles, et agitait les feuilles en éventail au-dessus de leurs têtes; tout faisait silence autour d'eux, même les oiseaux, même les insectes pâmés de chaleur à leur tour.

Sans le soleil éclatant qui blanchissait là-bas la ville et brûlait routes et rues, on se fût cru dans le repos de la nuit, car tout mouvement et tout bruit s'étaient éteints alentour.

Tout ce qui chantait, jouait, tournoyait, nageait, murmurait, bruissait, jasait, quelques heures auparavant, somnolait maintenant avec béatitude dans le grand silence de midi, sous l'ombre chaude et parfumée des arbres immenses.

VI

PENDUS ?

Quand ils se réveillèrent, nos amis aperçurent des êtres étranges dressés devant eux et qui n'étaient autres que des policemen.

Ils voulurent frotter leurs yeux encore tout bouffis de sommeil, mais il se trouva que leurs mains étaient attachées.

— Qu'est-ce que cette plaisanterie? demanda Nickel, moins patient que son maître et ami le pharmacien.

Les policemen ne comprenaient pas le français.

— Qu'est-ce que cette plaisanterie? répéta Strass, en anglais, cette fois.

— Ce n'est pas une plaisanterie, répondit celui qui paraissait être le chef de ces hommes; levez-vous et suivez-nous chez l'attorney général.

L'*attorney* est le juge, le commissaire de police

des Anglais; nos amis devinèrent que l'hôtelier rossé avait porté plainte.

— Mais... voulut commencer Strass.

— Silence! vous vous expliquerez là-bas, fit le policeman d'un ton rude.

Il n'y avait pas à résister; Strass, Nickel et Brioche obéirent et suivirent leurs gardiens jusque chez l'attorney.

— Ils auraient dû au moins nous amener un *tandigel* (1), murmura le jeune garçon qui avait le mot pour rire jusque dans les situations les plus critiques. Ou bien nous apporter des ombrelles; si je meurs d'insolation, j'exige qu'on me paie des dommages et intérêts; ça sera pour les héritiers que je n'ai pas.

L'attorney était dans sa chambre, vautré sur un divan, et lisait, profondément endormi, un numéro du *Daily-Télégraph,* quand on lui annonça la triple capture que venaient de faire les sergents de ville.

L'homme de loi flotta un instant entre la douleur de voir son somme interrompu et le plaisir de juger une cause; il y avait longtemps qu'il n'avait pu exercer son droit ni faire ressortir ses brillantes qualités de magistrat, et, apprenant que les accusés étaient des étrangers, il se frotta les mains.

Singapour est souvent l'asile de maints vagabonds et mauvais sujets qui viennent y tenter fortune ou s'y soustraire à un châtiment mérité; Master Ca-

1) Le *tandigel* est une sorte de voiture en usage dans les Indes.

nouga (l'attorney) savait cela et se montrait féroce pour les malfaiteurs qui n'étaient pas du pays.

Il daigna se lever et passer dans son cabinet où son œil aigu et maussade se fixa sévèrement sur les deux hommes et sur l'enfant qui lui furent amenés.

Outre qu'il n'était pas beau, Canouga était contrefait; cette infirmité ne contribuait pas peu à aigrir son caractère et à le rendre rude au pauvre monde.

Brioche ne raillait jamais bossus ni boiteux, trop généreux et trop bon pour cela; mais, à la vue de cet homme à l'air dur et cruel, il pensa :

— Celui-ci n'est pas mon type, décidément; non, pas mon type du tout, et je commence à croire que notre affaire prend mauvaise tournure.

Il ajouta entre ses dents :

« Bossu à faire crever de rire un dromadaire! »

Le juge entendait mal le français.

— Que dit-il de Madère? demanda-t-il à Strass en lui désignant le jeune garçon.

— Il trouve que la vie est amère, répliqua le pharmacien dans la plus pure langue de Corneille.

Satisfait, l'attorney commença son interrogatoire par Brioche qu'on avait fouillé et sur lequel on avait trouvé un billet de cinq cents francs; le pauvre petit avait eu beau réclamer, le joli bank-note trônait, comme pièce à conviction, sur le bureau de Master Canouga. Quand ce dernier ne comprenait pas bien les réponses de Brioche, il se les faisait interpréter par Strass.

— Ton nom? demanda-t-il brusquement au gamin.

— Brioche.

— Natif de quel pays?

— Du Marais.

— Le Marais? où est-ce?

— En France; le quartier le plus chic de la capitale.

— Tu es sans doute d'origine obscure?

— Comment donc!... répliqua Brioche en se redressant indigné, je suis, au contraire, bien doué sous le rapport de la naissance : on m'a toujours dit que j'ai eu pour père un chiffonnier et pour mère une cantinière; ils sont morts tous les deux si tôt, que je ne les ai pas connus; je n'ai reçu d'eux qu'un seul cadeau : la vie, mais au moins j'en profite bien.

— Quels sont tes moyens d'existence?

— L'état de rentier étant un état que j'estime, je l'ai adopté depuis peu; mais je sais faire bien des choses et je ne dis pas que je ne m'occuperai pas de politique un beau jour.

— De... de politique? fit l'attorney en ouvrant de grands yeux.

— Eh! oui, emporté par mon génie et mon amour pour mes concitoyens...

— Te moquerais-tu de moi, par hasard? dit tout à coup l'attorney qui se demandait depuis un instant si cet enfant le raillait, à sa barbe, avec une impertinence sans égale.

Cependant Strass et Nickel, quelque envie de rire

qu'ils éprouvassent, gardaient un sérieux si imperturbable, que cela rassurait maître Canouga.

— Moi me moquer?... Oh! Dieu m'en garde! J'exposais simplement mes projets d'avenir; je me suis mis à voyager parce que le Gouvernement français me dégoûte en vérité; ah! si on me le laissait mener, tout irait bien mieux; mais voilà! on ne me le demande pas, et je suis trop modeste pour m'offrir.

Brioche prononça ces mots d'un air si navré, en poussant un si gros soupir, que l'attorney ne voulut pas laisser voir qu'il n'avait rien compris; il poursuivit son interrogatoire.

— Vous êtes descendu à quel hôtel?

— A aucun pour le moment; nous comptions coucher à l'hôtel Victoria; mais, ajouta Brioche avec un sourire aimable, si vous nous offrez l'hospitalité chez vous, nous ne refuserons pas.

— Où sont vos bagages?

— Ils ne sont pas très nombreux.

— Où avez-vous mis votre malle?

— Dans ma poche, répondit Brioche avec un grand sérieux.

Pour le coup, maître Canouga se fâcha.

— Je vous jure que je dis la vérité, fit le jeune garçon en vidant ses poches sur le bureau du juge; je ne possède au monde pas autre chose que ce que vous voyez là, y compris le billet de banque que l'on m'a volé.

Ce disant, il étalait tous ses trésors sur la table:

un mouchoir de nuance douteuse, quelques billes d'agate, un couteau, des fruits écrasés; nous savons que ce jour-là, par extraordinaire, il ne se trouvait pas de ficelle dans la poche de Brioche.

— Ah! oui, à propos, fit maître Canouga en désignant le billet de vingt livres, comment une telle somme est-elle en ta possession? Où l'as-tu volée?

— Voleur vous-même! Vous saurez que, de ma vie, je n'ai subtilisé même un sou.

L'attorney devint rouge de fureur.

— Tu oses injurier l'autorité, petit misérable? sais-tu que, pour cet acte de rébellion, tu peux être pendu?

— Bon! moi qui manquais de ficelle ce matin, v'là que ce soir je peux en avoir à revendre, riposta Brioche en ricanant. Pendu, moi? Ah! vous ne me connaissez pas encore, bourgeois! On ne me pend pas si facilement que ça, foi de Brioche! Et je vous conseille de me parler poliment; autrement je vas quérir mon consul et vous recevrez sur les doigts.

Hors de lui, l'attorney fit emmener le garçonnet que l'on conduisit en prison; puis il interrogea Strass et Nickel; mais Brioche avait agi imprudemment en excitant le courroux du juge et ses deux amis en subirent les conséquences.

Ils ne voulurent pas avouer le véritable motif qui les poussait du côté de Batavia : il avait été convenu dès le début, entre les trois associés, que le secret de la Gelée de Singe ne serait divulgué à âme qui vive.

Ils se contentèrent d'apprendre à Master Canouga qu'ils étaient apothicaires et se rendaient au pays de la Sonde pour y tenter fortune; ils racontèrent simplement leur dispute avec l'hôtelier et firent le plus grand éloge de leur petit ami Brioche, affirmant sur l'honneur et l'*Évangile* que les cinq cents francs lui avaient été bel et bien donnés par le capitaine Malabor et par la senora Idropolo y Fernandès y Terancia.

Mais l'attorney ne voulut pas les croire et les fit jeter en prison, séparément, jusqu'à ce que le procès et le jugement les vouât à la corde ou à la liberté.

— Mais, s'écria douloureusement Nickel, il faut vous hâter de l'instruire, ce procès, et nous permettre de communiquer avec le capitaine du *Phocéen,* car lui seul peut nous tirer d'embarras.

— Oh! si vous croyez que les instructions criminelles vont si vite que ça! répondit le juge; d'abord l'hôtelier, votre victime, est à plat de lit et ne pourra venir témoigner de plusieurs jours.

— Et le *Phocéen* repart après-demain! gémit Strass.

— Ça m'est égal.

L'attorney, qui, l'année précédente, avait eu maille à partir avec le capitaine Malabor et avait été battu, ne demandait pas mieux que de jouer un bon tour à celui-ci ou à ses amis; l'occasion était toute trouvée.

Strass et Nickel devinèrent qu'on ne se hâterait pas de recourir aux renseignements, et que le navire partirait sans doute sans les attendre plus tard que le terme marqué. Et alors, Dieu seul savait ce qu'il adviendrait, comment les pauvres accusés seraient défendus et si l'issue du procès ne leur porterait pas malheur.

Si encore ils avaient pu être ensemble ou communiquer, ils se seraient consolés mutuellement et auraient cherché de concert un moyen d'évasion : mais leurs cellules étaient éloignées les unes des autres et ils paraissaient voués au secret pour plusieurs jours.

Aussi, Strass et Nickel s'étendirent-ils, navrés, sur la dure couche offerte à leurs membres fatigués et se plongèrent-ils dans les rêves les plus sombres.

VII

OU L'ON VOIT UN JUGE BIEN ATTRAPÉ

Quant à Brioche, nous allons peut-être vous étonner en vous disant qu'il sifflotait dans sa prison, tout comme s'il se fût trouvé sur la place du Palais-Royal un jour de beau temps.

Cette prison se composait d'une chambre étroite, renfermant pour tout ornement une botte de paille, un pot plein d'eau et environ six cent cinquante mouches collées à la vitre de sa petite fenêtre.

Tout en s'amusant à les occire afin de n'être pas dévoré par elles tout vivant, Brioche se disait qu'il serait bien heureux d'avoir leurs ailes afin de reprendre sa liberté sans avoir besoin de discuter.

Il regrettait vivement, aussi, de ne pouvoir communiquer avec ses patrons; à trois on se soutient et l'on pioche mieux les bonnes idées.

Mais Brioche n'était pas un garçon facile à décourager; il piocha tout seul en attrapant ses mouches.

Très content de son enquête, l'attorney allait rentrer dans ses appartements et s'offrir un petit lunch soigné, quand il se souvint du billet de vingt livres laissé, comme pièce à conviction, sur son bureau.

Il fouilla les papiers épars sur la tablette, regarda sous les meubles, ne trouva rien et, finalement, acquit la certitude que le précieux papier lui avait été *subtilisé*, pour employer l'expression de Brioche.

Aussitôt tout le monde en rumeur; l'auteur de ce forfait ne pouvait être que ce misérable gamin de Paris ou ses maîtres, car Master Canouga ne soupçonnait pas son greffier d'une telle action.

Brioche et sa cellule furent fouillés de fond en comble, et l'on en fit autant pour Strass et pour Nickel; mais les recherches demeurèrent infructueuses; Canouga y avait assisté et ce spectacle le convainquit de l'innocence des trois amis, au moins en ce qui concernait le banknote; alors, où avait passé le précieux parchemin? Il ne s'était pas envolé, voyons, puisque nul souffle d'air ne rafraîchissait la ville à ce moment!

Canouga devait creuser éternellement ce problème; il devait mourir sans le résoudre.

Les recherches avaient été minutieuses, cependant; pas si minutieuses, pourtant, puisque, une fois réintégré dans sa cellule, Brioche se mit à caresser tendrement son cher billet reconquis.

C'était donc lui le voleur?

Écoutez, le banknote lui appartenait de droit, de fait; Brioche était un petit gars résolu à ne pas se laisser dépouiller injustement; il n'avait fait que reprendre son bien, voilà tout.

Et remarquez qu'il lui était permis de le défendre; le pauvre enfant n'en avait jamais tant possédé; pour la première fois de sa vie, il se voyait maître d'une petite fortune : ma foi! il y tenait; je voudrais bien savoir ce que vous auriez fait à sa place?...

Donc, l'ami Brioche rentrait dans ses fonds; mais comment le petit papier avait-il échappé aux perquisitions des geôliers?

Nous avons déjà dit que le jeune garçon était chevelu comme Absalon; or, dans les boucles épaisses et un peu rudes de ses cheveux, il avait introduit le fameux billet, roulé mince comme une allumette on avait fouillé partout, excepté là.

Qui eût pu, d'ailleurs, supposer une telle ruse?

Bref, c'était déjà un pas de fait.

Brioche allait en faire un autre; vous n'en doutez guère, n'est-ce pas?

Vous seriez profondément étonnés si notre ami ne trouvait pas dans le fond de son sac un bon tour à jouer à l'attorney et à ses geôliers?

Eh bien! vous avez raison.

En lui apportant son dîner, le gardien lui refusa de la lumière.

— Pas de danger que je vous laisse du feu, grommela-t-il; vous êtes au-dessus de la soute à charbon; y ne manquerait plus que vous nous allumiez un incendie!

Cet homme, ancien matelot, parlait un mauvais français; néanmoins, Brioche le comprit.

Dès qu'il se vit seul, au lieu de se jeter sur son repas pour assouvir sa faim, il s'amusa à soulever une dalle de sa prison, puis une autre. Ce n'était pas chose au-dessus de ses forces, vu que la pierre était usée et fendillée. Et puis, il ne fallait pas un trou bien large pour laisser passer le corps grêle de l'adolescent; car vous devinez aussi, n'est-ce pas, que le bon petit Brioche va descendre dans la *soute à charbon*, comme disait le geôlier?

Ah! je vous assure que ce ne fut pas long : l'enfant franchit une hauteur de trois mètres environ, et s'étendit sur un gros tas de charbon sans se faire aucun mal; vous savez qu'il tenait du chat et du singe à la fois?

Mais à quoi servait donc cette provision de houille placée sous les cellules de détention?

Ma foi! je ne saurais vous l'apprendre, on ne me l'a jamais dit; peut-être servait-elle à la cuisine des geôliers, à celle de l'attorney? et comme il fallait toujours la mettre quelque part, on avait choisi pour cela un réduit obscur du rez-de-chaussée.

— Là, se dit Brioche une fois déménagé, c'est ce que je pensais : du charbon et du charbon, de quoi teindre un régiment de blancs. Nous allons faire notre toilette... Je pressentais bien que je ne resterais pas longtemps là-haut: la Providence ne pouvait décemment pas me laisser dans l'embarras quand je n'ai rien fait de mal; ce ne serait pas bien de sa part; et puis, j'ai ces pauvres Messieurs Strass et Nickel à délivrer; et qu'il n'y a point de temps à perdre surtout, vu que le *Phocéen* dérape après-demain... Là, voilà qui est fait! dommage que je n'aie pas de miroir pour me contempler!

Tout en monologuant ainsi, Brioche travaillait; en un tour de main, de sa vieille blouse trop mûre, il s'était fabriqué un pagne comme en ont les noirs et les naturels du pays.

En un autre tour de main, il s'était noirci tout le corps, de la tête aux pieds, et s'il eût pu se voir, il eût sauté de joie en se trouvant métamorphosé en un gentil négrillon. Il revêtit son pagne improvisé et se posta derrière la porte.

— Voilà, se dit-il encore; dès qu'on viendra chercher du charbon, je file; mais il faut qu'on vienne ce soir même, autrement je me verrai forcé de briser la serrure, ce qui pourra occasionner du grabuge dans mes affaires; car il ne faut pas songer à attendre demain matin; de bonne heure, il est probable qu'on viendra inspecter ma cellule; or il faudrait être aveugle pour ne pas voir le trou par lequel j'ai passé.

Le hasard le servit à souhait : la femme de l'attorney fut prise d'indigestion et de fièvre cette nuit-là; il fallut lui faire chauffer des linges et bouillir de l'eau pour des infusions... Cette excellente mistress Canouga, quelle bonne idée elle eut d'être malade !

Sa femme de chambre, sonnée à grand fracas, alla réveiller la cuisinière qui se leva en geignant, trouva sa caisse à charbon vide, le bûcher en plus mauvais état encore, et elle dut recourir au gardien de la prison qui n'était pas encore couché et qui s'empressa de satisfaire son désir.

Pendant qu'il se rendait à la soute, muni d'un panier, la brave femme s'assit sur une chaise, frotta à tour de bras ses yeux qui s'alourdissaient et bâilla à se démonter la mâchoire.

Aussi n'aperçut-elle pas une ombre noire qui se glissa sans bruit dans la chambre, et, à sa barbe, escalada la fenêtre peu élevée par bonheur et demeurée ouverte à cause de l'extrême chaleur.

Nous en sommes bien fâchés pour le maître de ces appartements, mais l'ombre, en sautant par cette croisée, déchira impitoyablement la gaze tendue

Dès qu'il se vit seul...

entre les châssis pour défendre la pièce de l'invasion des moustiques.

Bah! peu importe! (je suis sûr que ce détail ne vous touche guère).

L'ombre noire n'était autre que notre ami Brioche qui ne s'amusa pas à perdre son temps en route, vous concevez.

Peu après, le gardien rentra et tendit le panier plein de houille à la cuisinière mal réveillée.

— Tenez, Kitty, lui dit-il; vous me rendrez ça plus tard, quand vous aurez renouvelé votre provision... Croiriez-vous que mon charbonnier regorge de chats : l'autre jour j'en ai trouvé un qui miaulait à fendre l'âme; tout à l'heure, un énorme matou me file entre les jambes, il a failli me renverser.

Mademoiselle Kitty bâilla une deuxième fois et, sans se presser, alla faire chauffer son eau et ses serviettes.

Pendant ce temps, Brioche, échappé à l'œil d'une sentinelle, à la dent d'un dogue et aux huées d'une bande de polissons, humait la brise pour reconnaître le chemin de la mer, et courait à toutes jambes du côté du port.

Afin d'atteindre le *Phocéen* sans avoir recours aux matelots étrangers, le jeune garçon se jeta à la nage; il ne craignait pas les crocodiles, ces animaux évitant les abords de la ville en général.

L'officier de quart qui le reçut au bateau eut quelque peine à reconnaître le chasseur du navire dans l'être singulier qui se présentait à lui; vous comprenez que l'eau de mer ayant délayé le charbon sur le corps de l'adolescent, il était maintenant moitié nègre et moitié blanc.

Brioche expliqua son affaire avec volubilité, mais son interlocuteur ne pouvait lui être d'un secours immédiat; de plus, le capitaine Malabor, qui avait des amis à Singapour, soupait à terre et sans doute ne reviendrait pas coucher à bord.

En somme, Strass et Nickel ne couraient pas grand danger cette nuit-là, et il suffirait d'instruire le capitaine de l'affaire au matin seulement.

Sur l'invitation que lui en fit l'officier de quart, Brioche grignota quelques fruits et un petit pain, puis, harassé de fatigue il s'endormit, bercé par la mélodie douce que faisaient les petites vagues en se brisant contre la coque du *Phocéen*.

On le réveilla de bonne heure; néanmoins, le soleil brillait déjà de tout son éclat; Brioche se leva, fit une toilette consciencieuse, déjeuna de bon appétit et se tint prêt à descendre à terre.

Au moment où il allait se mettre en quête du capitaine, sur le quai du port, il l'aperçut qui venait à lui, l'air souriant.

— Eh bien! clampin, lui dit le brave marin en tapotant la joue de l'enfant, nous sommes-nous bien amusé?

— Amusé? Ah! capitaine, si vous saviez!

Et, le tirant un peu à l'écart, Brioche lui raconta ce qui s'était passé la veille.

— Diable! diable! fit Malabor en tordant sa moustache d'un air perplexe, voilà une affaire ennuyeuse. Mille sabords! cet attorney n'en fait jamais d'autres; crétin de Canouga! il m'a déjà causé de l'embarras, il y a deux ans!

— Crétin de Canouga, oh! n'est-ce pas, capitaine? C'est un fier animal; on le montrerait comme curiosité au Jardin d'acclimatation de Paris, tant il est laid et grotesque.

Je n'ai pas besoin de vous apprendre que l'attorney dut faire droit aux réclamations du capitaine Malabor; celui-ci le menaça, d'ailleurs, d'en référer à une autorité supérieure si on ne lui rendait au plus vite ses deux passagers sans lesquels le *Phocéen* n'appareillerait pas.

Canouga eut peur de recevoir sur les doigts par ses supérieurs, et peur de perdre de l'avancement; il se résigna, fit rendre la liberté aux prisonniers et devint tout sucre et tout miel.

— D'ailleurs, dit-il avec un sourire agréable, ces Messieurs m'intéressaient vivement et je ne les ai fait jeter en prison qu'à mon corps défendant; en tout cas, ils vous diront que je me suis montré fort aimable avec eux.

— Bigre! murmura Brioche qui avait accompagné son protecteur, si c'est sa façon d'être aimable, qu'est-ce alors quand il est de mauvaise humeur?

Canouga, dont la femme était remise des tribulations de la nuit passée, voulut retenir le capitaine à déjeuner et l'invita à la chasse.

— Il y a beaucoup d'animaux dans ce pays, dit-il, toujours souriant.

— Oui, oui, je le vois, répondit ironiquement Malabor.

L'attorney ne comprit pas le compliment; on refusa son invitation, mais on le quitta sans rancune; et surtout, chose qui l'étonna beaucoup, on ne lui demanda pas compte de l'irretrouvable billet de vingt livres évaporé sans doute au soleil tropical de Singapour.

Il se garda bien d'y faire penser et respira à fond lorsque, le lendemain, il apprit que le *Phocéen* avait levé l'ancre et faisait voile pour Batavia.

— Que le diable le conduise! grogna-t-il aimablement.

VIII

OU LE CAPITAINE MALABOR PIAFFE

Nos amis ne respirèrent bien, eux aussi, que lorsqu'ils se virent au large : ils remercièrent avec effusion le capitaine, et Brioche fut vivement félicité.

— Oh ! fit le jeune garçon avec modestie, il n'était pas difficile de le rouler, le Canouga : il raisonnait comme un singe qui sort de nourrice.

Tous se mirent à rire et Malabor s'amusa beaucoup au récit de l'interrogatoire du gamin parisien.

Nos trois associés décidèrent alors qu'ils feraient part au capitaine de leur fameux projet de gelée de singe, honneur qu'ils ne faisaient, certes, à personne ordinairement ; mais ils savaient bien que leur bon ami ne les trahirait jamais et que ce secret entre ses mains serait aussi en sûreté que dans la tombe.

Je ne sais pas si vous êtes de son avis, mais le capitaine Malabor n'accueillit pas avec beaucoup d'enthousiasme cette idée de gelée de singe. Vous comprenez, il n'était pas pharmacien, lui, il pouvait concevoir des doutes sur le succès de l'entreprise.

Heureusement que cela ne refroidit pas l'ardeur de Strass et de Nickel ; ils continuaient à voir tout en rose et attendaient avec impatience l'heure de se mettre en chasse.

Pour le moment, on entrait dans ce qu'on appelle la mer de la Sonde ; on avait dépassé le cap Romania et le détroit de Malacca ; encore quelques jours et Batavia serait atteint.

Certes, on pouvait se vanter que la traversée avait été exceptionnellement belle ; à part l'incident causé par *Carmagnole* et la mort du suave époux de Conception Idropolo, on n'avait eu à déplorer aucun accident grave, aucun malheur réel.

Il ne restait plus beaucoup de passagers à bord

du *Phocéen* et le navire perdait peu à peu son entrain, sa gaîté.

Ce matin-là, le soleil s'était levé radieux; une brume bleue enveloppait le bateau et dérobait l'horizon, mais c'était un présage de beau temps et l'onde demeurait tranquille, à peine ridée : le *Phocéen* suivait la côte de Sumatra et était maintenant en vue de Palembang.

Ici, quelques détails sur ce petit royaume; tant pis pour ceux de nos lecteurs que cela ennuiera!

Palembang était une partie, comme nous l'avons dit, de la grande île de Sumatra, entre le Menangkabon et le Jambi ; il mesure 500 kilomètres sur 380 ; il a plus de cent mille habitants ; un climat égal, une agriculture soignée ; les naturels, qui sont musulmans, travaillent le bois, l'ivoire et les métaux.

Après avoir appartenu un court espace de temps aux Anglais et eu ses rois particuliers, ce pays finit par devenir une possession hollandaise ; la mer de la Chine le baigne au nord, celle de la Sonde au sud ; la terre des Lampongs continue la côte.

Sumatra est une superbe île de la Malaisie, située entre le 5e degré de latitude nord et le 5e de latitude sud ; elle a 700 kilomètres sur 390 dans sa plus grande largeur et une superficie totale de 470 000 kilomètres carrés : sa population, qui augmente de jour en jour, s'élevait, il y a quelques années, à 6 000 000 d'habitants.

Elle possède quatre volcans. Très chaud sur les côtes, son climat est tempéré par la brise de mer;

la saison des pluies dure six mois. Ses magnifiques forêts sont peuplées de buffles, d'éléphants, de singes, de tigres énormes et de rhinocéros ; ses bords abritent des familles de crocodiles ; ses habitants sont féroces.

Mais que parlons-nous de Sumatra, puisque c'est à Batavia que nous avons affaire et que Batavia est la capitale de l'île Java ?...

Hélas ! hélas ! si vous saviez !...

Ce matin-là, donc, où le *Phocéen* flottait si gentiment sur les eaux bleues, tout le monde semblait content : depuis Singapour, rien n'était venu troubler la belle sérénité des jours et des nuits ; le *Phocéen* avait doublé le cap Dyabourg après avoir franchi le détroit de Brakalla et côtoyé l'île de Singhep... lorsqu'un point noir parut à l'horizon

Tout était si calme, cependant !... Les matelots jouaient aux cartes, assis sur le plancher ; quelques-uns chantaient, d'autres fumaient voluptueusement leur pipe.

Au milieu d'un groupe de passagers, notre ami Brioche pérorait ; il devait en conter de drôles, car on riait.

Soudain, il s'arrêta, regarda du coin de l'œil Malabor, qui faisait les cent pas d'un air méditatif, et murmura presque gravement :

— Le capitaine piaffe : c'est mauvais signe.

On ne fit pas attention à ses paroles et on le pria de continuer son récit.

Brioche *blagua* encore une dizaine de minutes, puis il répéta :

— Le capitaine piaffe de plus en plus ; c'est très mauvais signe.

— Allons donc ! tu veux nous effrayer, répliqua quelqu'un.

Brioche n'ajouta rien de plus, mais il se rapprocha de Strass et de Nickel qui esquissaient des plans de chasse, assis sur un tas de cordages.

— Patrons, je vous ai dit à Singapour que l'heure de la guigne commençait pour nous : la v'là qui continue ; y ne s'agit que de prendre le taureau par les cornes, c'est-à-dire le guignon, et de le mâter...

— Où vois-tu donc quelque chose d'inquiétant ? demanda Strass qui haussa, ma foi ! les épaules.

— Nous allons en essuyer une bonne.

— Une quoi ?

— Une tempête, une danse, un galop enfin !

— Où lis-tu ce présage sinistre ? fit Nickel avec ironie ? Dans le ciel ?

— Non, sur le nez du capitaine.

— Brioche, ne plaisante donc pas toujours avec les choses sérieuses.

— C'est bon, vous verrez tout à l'heure si j'ai tort, dit l'enfant un peu vexé.

Une heure plus tard, en effet, le capitaine, dont non seulement le nez mais toute la figure s'allongeait de plus en plus, avoua à ses passagers que l'orage se préparait.

On ne pouvait plus le cacher, d'ailleurs, car i

arrivait avec furie ; la mer devenait noire et grondait sourdement ; le ciel se faisait d'encre, sillonné de nuances livides ; les flots imprimaient au navire un mouvement désordonné ; personne ne riait ni ne chantait plus à bord ; le peu de femmes qui habitaient encore le *Phocéen* rentraient épouvantées dans leurs cabines ; les matelots, silencieux, obéissaient aux ordres donnés avec une ponctualité admirable ; le porte-voix transmettait les commandements du capitaine, et la mer mugissait de plus en plus ; c'est à peine si deux personnes proches l'une de l'autre pouvaient s'entendre, même en élevant très fort le ton.

Entre deux manœuvres, le capitaine passa au milieu de nos trois amis groupés ensemble et qui s'étaient fait attacher à un mât afin de n'être pas emportés par une lame ; il vit les visages soucieux mais résolus de Strass et de Nickel et la frimousse futée de Brioche qui souriait encore devant le danger imminent.

— Ah ! pauvre capitaine ! s'écria ce dernier avec un désespoir comique, je crois bien que v'là notre gelée de singe à la mer !

Les trois hommes ne purent s'empêcher de rire, et le brave marin s'éloigna pour donner de nouveaux ordres.

— Voilà bien le Français, pensa-t-il : ce petit bonhomme de quatorze ans blague encore à deux doigts de la mort ; son compatriote Nickel n'a pas moins de courage, et quant à l'Anglais Strass, il est digne aussi de son pays : calme, impassible devant le danger.

Au même moment, on vint annoncer au capitaine que la machine ne fonctionnait plus... Malabor pâlit sous son hâle et courut exciter l'équipage à un redoublement de travail.

La lutte du *Phocéen* contre les éléments en furie devenait désespérée.

X

OU LE CAPITAINE MALABOR NE PIAFFE PLUS!

Une voie d'eau s'était ouverte dans la coque du *Phocéen* qui avait sans doute porté contre quelque récif, car, ainsi que nous l'avons dit, le navire n'était pas très éloigné de la côte.

Les pompes fonctionnaient mal, le bateau enfonçait lentement; cependant, la tempête se calmait peu à peu ; néanmoins, la mer demeurait agitée et grondante.

Malabor donna ordre qu'on mît les chaloupes à

flot et les passagers, ainsi que tout l'équipage, s'y précipitèrent.

Le capitaine lui-même, voyant son navire déserté, ne jugea pas à propos d'y rester afin d'y mourir inutilement en désespéré ; il lui jeta seulement un regard navré en le quittant, et prit place dans l'un des canots où sa présence et ses conseils devaient être utiles.

— Où donc est mon petit ami Brioche? demanda-t-il à ceux qui ramaient; et M. Nickel? Et Strass?

Un matelot croyait les avoir vus dans la première chaloupe, descendus en tête des passagers, et son assertion, assez vraisemblable au fond, rassura Malabor.

Les petits bateaux s'en allèrent à la grâce de Dieu et des flots, et nous ne les suivrons pas dans leurs différentes directions. Deux d'entre eux, trop remplis, furent submergés ; d'autres voguèrent jusqu'à ce qu'ils rencontrassent un navire qui les recueillît ; d'autres enfin abordèrent sur la côte de Bornéo après avoir subi toutes les horreurs de la faim et de la soif; l'histoire ne dit pas s'ils furent saisis par les sujets du roi de cette île et si les malheureux naufragés furent croqués ou bien traités; nous n'entendrons plus parler de notre cher capitaine Malabor, ni de la grosse marquise Conception Idropolo y Fernandès y Terancia.

Donnons un pleur de regret à ces braves compagnons de nos héros et allons rejoindre ceux-ci sur le pont non encore submergé du *Phocéen*, où ils se livrent à un singulier travail.

Un peu avant l'embarquement de l'équipage dans les chaloupes, sur un avis que leur donna Brioche, ils descendirent dans une certaine partie du navire et ne remontèrent que lorsqu'il devint dangereux d'y rester; ils virent donc s'éloigner le dernier canot mais ne s'en préoccupèrent pas; il leur eût été facile d'appeler, de se montrer, et le capitaine les eût recueillis dans son petit bateau.

Mais non, ils caressaient un autre projet; ils avaient remarqué qu'une brise, soufflant de l'ouest, venait de s'élever et poussait à la côte le pauvre *Phocéen* réduit à l'état d'épave.

— C'est toujours cela de gagné comme chemin, murmurait Strass en réunissant des cages à poules; nous n'aurons plus qu'à atteindre le rivage ensuite, soit à la nage, soit à l'aide de ces machines.

— Pour un empire, ajoutait Nickel, je ne me serais jeté dans ces chaloupes; je ne sais ce qu'il adviendra de celles du *Phocéen*, mais, en général, le contenu, toujours trop lourd, les fait chavirer; ou bien il faut errer au hasard des vagues et souvent mourir de faim avant de trouver un navire sauveur.

On tira à la courte paille,
On tira à la courte paille,
Pour savoir qui qui qui serait mangé
Pour savoir qui qui serait mangé.

Le sort tomba sur le plus jeune,
Le sort tomba sur le plus jeune,
Qui se mit à se lamenter,
Qui se mit à se lamenter.

chantonna Brioche en s'adonnant, lui aussi, activement au travail des cages à poules.

Quand tout fut terminé et que le pauvre *Phocéen* ensablé ne put plus avancer, nos trois amis se jetèrent à l'eau avec leurs cages à poules et nagèrent vigoureusement vers le rivage.

— Attention aux rochers! Ne pas se laisser embrocher! disait Brioche. Ça manque de galbe, cette promenade en gondole, mais on fait ce qu'on peut. Quand j'aurai de l'or à remuer à la pelle, je m'offrirai un yacht tout flambant neuf et j'y inviterai les amis.

Et il avalait sans le vouloir d'énormes lampées d'eau salée, ce qui finit par l'obliger à garder la bouche fermée.

Enfin ils atteignirent la grève et s'y laissèrent tomber, épuisés; la nuit arrivait à grands pas, mais l'orage s'était calmé et, comme on était dans la belle saison, il n'y avait pas à craindre la froidure.

Ils cherchèrent à s'orienter comme ils purent et pensèrent qu'ils se trouvaient sur la côte de l'île Sumatra, pas bien loin de Palembang.

Ils ne se trompaient pas de beaucoup; le lieu où ils avaient échoué était une grève déserte voisine du cap Dyaboung; la ville la plus proche de ce lieu était Dyambi, sur le fleuve Botang ; plus loin encore s'élevait Palembang, plus importante ; néanmoins, il eût fallu marcher bien longtemps pour atteindre l'un ou l'autre.

Strass et Nickel, malgré tout leur courage, demeuraient sombres, se demandant tout bas comment ils allaient sortir de là et si, avant de regagner un lieu civilisé, ils ne seraient pas capturés par les naturels de l'île ou dévorés par les fauves.

Brioche devina leurs craintes.

— Ben quoi ! dit-il, n'y a pas de quoi tant se tourner les sangs ; nous avons voulu voir ce pays : nous y voilà. Le tout est de savoir s'y retourner. Nous rencontrerons des hommes méchants : nous tâcherons de les amadouer ; des bêtes féroces : nous leur riposterons si elles nous regardent de travers.

— Oui, comment nous défendrons-nous ? gémit Nickel, qui commençait à regretter d'être venu en Océanie.

— Tu nous fourniras des armes ? demanda ironiquement Strass.

— Pourquoi pas ? Vous irez les chercher vous-mêmes. A quoi donc et à qui donc serviraient tous les trésors que nous venons d'abandonner sur le *Phocéen ?* As pas peur ! Le vaisseau est ancré par un rocher ; y ne veut pas bouger. Aussi, dès ce soir, nous allons tailler un joli petit radeau et...

— Avec quoi encore ?

— J'ai mon couteau, vous les vôtres, ça suffira pour commencer ; notre radeau sera un peu primitif, voilà tout; mais nous trouverons au navire tous les matériaux possibles et nous nous bâtirons ensuite tout ce que nous voudrons

L'entrain du jeune garçon finit par gagner les deux hommes et par relever leur courage; ils se dirigèrent du côté d'un massif d'arbres qu'ils apercevaient non loin, entremêlés de rocs; mais ils n'avancèrent qu'avec précaution, sachant que le coucher du soleil fait sortir des cavernes tout un peuple de fauves.

Il ne s'agissait pas de travailler, comme le suggérait l'imprudent Brioche, mais de découvrir un abri pour la nuit.

Ils finirent par s'installer dans une profonde cavité creusée dans un rocher, et, afin d'éviter toute visite dangereuse, ils roulèrent à l'entrée une grande pierre, de façon à ne livrer passage qu'au corps fluet de Brioche et à des animaux de petite taille.

— Si nous soupions? dit tout à coup le petit Parisien.

Un double murmure de reproche lui répondit du fond de l'obscurité, car nos trois amis n'avaient pas de lumière, vous le devinez.

— Eh! mais, ce n'est pas une offre de Gascon que je vous fais là! riposta l'enfant. Vous n'y voyez pas clair, mais tâtez, là, en face de nous : j'ai dressé le couvert; nous mangerons avec les yeux de la foi.

Il ne raillait pas; pendant que Strass et Nickel exploraient la rive pour y trouver un abri, le jeune

Au revoir mes enfants, à tout à l'heure !...

garçon avait fait une petite provision de coquillages et de baies sauvages.

— Il est certain que ça ne vaut pas une bisque de chez Marguery, continua l'incorrigible bavard en distribuant les vivres à tâtons, mais demain nous aurons mieux ; je m'intitule cuisinier en chef de la colonie Strass et Cie. Et, de plus, en prenant possession de ce pays que nous avons conquis par la force des cages à poules, je déclare la guerre aux singes !

Strass et Nickel rirent de bon cœur et soupèrent avec autant d'entrain. Ce repas ne devait pas leur peser sur l'estomac, tant il était léger, mais, du moment que Brioche leur promettait mieux pour l'avenir, on se résignait à jeûner un peu.

Ils dormirent tous les trois du sommeil des justes et furent profondément étonnés, le lendemain matin, de se trouver dans une excavation de rochers, sur la terre dure, en pays inconnu.

Ils sortirent de leur retraite et allèrent faire leurs ablutions au bord de la mer; une sorte de monstre marin parut à fleur d'eau pendant que Brioche lavait ses pieds dans les flots attiédis.

Le jeune garçon crut que l'animal l'invitait au bain afin d'en faire sa proie une fois au large.

— Merci, je sors d'en prendre ! lui dit Brioche avec un geste gamin et faisant allusion à sa longue natation de la veille.

— Avec qui donc causes-tu, clampin ? demanda Nickel, intrigué, qui se lavait aussi à grande eau.

— Avec une espèce de particulier qui doit tenir

du crocodile et du marsouin et qui me dévisageait avec impudence.

— Voyons, fit Strass en s'avançant, rafraîchi par une immersion prolongée, il ne s'agit pas de s'amuser ce matin ; il faut tout de suite fabriquer un radeau afin de nous transporter au vaisseau échoué.

On se mit au travail ; le grand jour avait fait rentrer les fauves dans leurs antres : on ne courait pas de danger à s'aventurer un peu sous bois, loin du rivage. Là, nos amis trouvèrent de quoi étancher leur soif et assouvir leur faim avec des fruits exquis ; ils aperçurent quelques singes jouant dans les arbres et qui les considérèrent avec stupéfaction ; mais, pour le moment, ils avaient mieux à faire que de donner la chasse à ces messieurs ; Brioche se contenta de leur adresser un beau salut en leur criant :

— Au revoir, mes enfants, à tout à l'heure !

Ils ne furent pas longs, je vous assure, à construire leur radeau ; vous dire qu'il était finement fait serait mentir et vous ne me croiriez pas, d'ailleurs ; mais je vous assure que cela leur suffisait pour le mince trajet qu'ils avaient à parcourir.

Pour plus de sûreté, ils assujettirent autour des planches les cages à poules qui leur avaient été si précieuses la veille ; puis, ils s'installèrent sur le radeau improvisé et le dirigèrent vers les restes de l'infortuné *Phocéen*.

Ils y découvrirent des trésors et, grâce aux outils dont ils s'aidèrent, ils purent former un second radeau qui devait servir à transporter à terre les objets de première nécessité.

On se munit de biscuit, de conserves, de confitures, de vin et d'armes; par malheur, la poudre avait été mouillée; on n'en put sauver qu'un baril.

On joignit au tout les vêtements de première utilité: quelques ustensiles de cuisine et ce que nos amis recueillirent de précieux dans les cabines des passagers.

Strass retrouva ainsi le reste de l'argent que lui avait remis l'oncle Chrysocal; quant à Brioche, sa petite fortune était en sûreté à Singapour; avant de quitter cette ville, le capitaine Malabor avait placé au nom de l'enfant, chez un banquier, le banknote qui avait couru de si grands dangers.

En abandonnant de nouveau le pauvre *Phocéen* échoué, Strass et Nickel s'aperçurent que Brioche dissimulait sous lui une caisse assez lourde d'aspect.

— Qu'emportes-tu donc là? demanda le pharmacien.

— Vous verrez cela à terre et quand il en sera temps, répondit le gamin d'un air mystérieux.

Par bonheur, la cale aux provisions n'avait pas été entièrement submergée: l'eau de mer en avait respecté toute la partie supérieure et nos amis gardaient l'agréable perspective d'y puiser plusieurs jours encore.

Par exemple, un désastre les avait frappés d'un autre côté: en quittant Marseille, le pharmacien avait eu soin d'embarquer quelques centaines de flacons destinés à renfermer l'extrait de moelle de singe. Mais les convulsions de la tempête avaient tout brisé, réduit en miettes.

— Nous trouverons toujours à les remplacer par un récipient quelconque, fit observer Nickel, que ce détail ne contraria pas beaucoup.

Revenu à terre, les deux hommes et l'adolescent reprirent des forces dans un copieux repas fait à l'ombre des eucalyptus, et ensuite dans une sieste réparatrice.

A leur réveil, ils se concertèrent pour décider s'ils établiraient un petit campement au lieu même où ils avaient abordé et que Brioche surnomma : « L'anse à Brioche », ou si l'on irait à la découverte d'une ville ou d'un village quelconque.

On s'arrêta au premier parti, grâce à l'impossibilité où l'on était de transporter les trésors de l'épave.

X

OU BRIOCHE FAIT ENCORE UNE FOIS L'OFFICE DE SANGSUE

Depuis plusieurs jours que les trois naufragés sont installés à Port-Brioche, ils n'ont pas aperçu l'empreinte d'un être humain; en revanche, un tigre noir est venu, une belle nuit, rugir autour de leur campement, et sans les grands feux que nos amis ont soin d'allumer chaque soir pour éloigner les fauves, Dieu sait qu'ils auraient pu se réveiller dans l'estomac de Sa Seigneurie Tigre.

On n'a pas commencé la chasse aux singes, quoique le bois de Strass (c'est encore Brioche qui l'a baptisé) en regorge.

Enfin il y a la rivière Nickel qui abreuve les trois hommes.

Nous donnerons désormais le nom d'*homme* à Brioche; il nous semble qu'il le mérite, sinon par la taille et par l'âge, du moins par le courage et l'intelligence.

Je pense que vous n'y voyez pas d'inconvénient?

Donc, les trois hommes vivent en pachas depuis une semaine; ils se sont construit une maisonnette ma foi! fort gentille, qui ferait sans doute triste mine sur le boulevard Saint-Germain ou dans l'avenue des Champs-Élysées, mais qui pose bien dans le paysage de Sumatra. Brioche ne la désigne jamais autrement que sous le nom de « villa ». Certes, elle est moins bien meublée que la chambre à coucher de M. Faure : vous n'y trouverez que trois hamacs enlevés au *Phocéen,* la fameuse caisse appartenant à Brioche et toujours hermétiquement close; quelques vêtements, de vastes chapeaux de paille, des engins de pêche et de chasse, le baril de poudre, les provisions de bouche, quelques ustensiles de cuisine et enfin... enfin... Je vous laisse à deviner le reste; je vous le donne en cent, en mille...

Vous jetez votre langue aux chats, n'est-ce pas?

Vous avez bien raison, vous ne devineriez pas. Eh bien! c'est un meuble que bien certainement M. ni Mme Faure, ni même M. de Rothschild, je pense, n'a dans sa chambre à coucher.

Un piano, mes enfants; oui, un piano! le pauvre piano du *Phocéen;* et qui, par bonheur, ne s'est pas trouvé dans la partie submergée par la mer.

Je ne pourrais vous affirmer qu'il fût parfaitement juste; vous comprenez, après une traversée, puis un transbordement du navire-épave au radeau, il eût été trop bon enfant de garder l'accord.

Mais c'était chose de peu d'importance pour nos amis; Brioche, dont on avait eu le tort de négliger l'éducation, n'avait jamais posé les doigts sur cet instrument; Strass, en véritable Anglais qu'il était, ne possédait pas une oreille musicienne; seul, Nickel qui, dans sa jeunesse, avait vu des jours meilleurs, savait tapoter assez gentiment des valses et s'accompagner en chantant des romances sentimentales.

Ce talent ne devait pas lui être d'une grande utilité dans son désert; cependant... qui sait?... Enfin, nous verrons.

Bref, pour le moment, nos trois amis ne sont pas trop à plaindre : du poisson tous les jours, des conserves, du thé, du café, de l'eau-de-vie, des compotes, des vins fins, des fruits frais.

La sieste de onze à trois heures; des nuits paisibles, bleues, veloutées, semées d'étoiles; une mer toujours murmurante, un bois ombreux... Que pouvaient-ils désirer de mieux?

Adam et Ève dans leur paradis terrestre n'avaient pas même tant de luxe.

Il ne leur manquait qu'une chose, du moins à Strass et à Nickel, car Brioche n'avait pas encore contracté de ces habitudes qui finissent par devenir des besoins impérieux : ils n'avaient ni cigares ni cigarettes, l'eau de mer ayant abîmé tout ce qui se trouvait de tabac sur le *Phocéen*.

Vous ne les plaignez pas beaucoup, n'est-ce pas?

Moi non plus, car je ne suis pas fumeur.

Mais vous m'en voudriez si je ne vous décrivais pas un coin de cette belle île de Sumatra, surtout *Port-Brioche*.

Quant à ce dernier lieu, je ne vous conseille pas de le chercher sur la carte; il est probable qu'on a oublié de l'y inscrire.

Eh bien! le bon Dieu s'est amusé à semer à profusion sur ce sol d'une richesse inouïe, les splendides productions de l'Inde et d'autres encore.

C'est à la fois un parterre délicieux et un verger exquis; là-bas un petit lac d'eau douce, vraie coupe de saphir jetée sur le velours vert des pelouses.

Ici, de sombres profondeurs où s'entremêlent les cocotiers, les bananiers, le baobab, l'arbre à pain, le chêne indien, le tulipier jaune; puis, les aloès pâles, les naucléas, les magnolias, l'eucalyptus, ce remède souverain contre la fièvre.

Au milieu de cette féerie, les insectes tournent et bruissent, les singes jouent, les oiseaux chantent leurs mélodies.

La nuit, une incomparable sérénité descend des cieux; hors du bois, c'est la clarté doucement lumineuse de la lune ou des étoiles qui argente la mer, blanchit les roches, inonde la plaine.

Dans la forêt, c'est tout un peuple mugissant qui se cherche, se caresse ou se dévore; et les échos répètent de sourds murmures ou de rauques cris d'agonie.

Telle était la nature à la fois sauvage et douce,

redoutable et splendide, qui entourait les naufragés du *Phocéen;* ils n'avaient jamais rien rêvé de semblable.

S'ils s'étaient rapprochés des villes, ils auraient trouvé des plaines cultivées, des champs de cannes à sucre, de tabac, de riz, de toutes sortes de productions enfin. Mais ils n'osaient encore s'aventurer trop loin et pour cause.

Ce jour-là, notre ami Brioche avait obtenu la permission de se rendre seul au bois pour y étudier les mœurs des singes.

Tout intelligent et indépendant qu'il était, Brioche demeurait très soumis à Strass et à Nickel; d'abord, il les aimait et leur était dévoué; ensuite, il reconnaissait que, vu leur âge, leur expérience et leur éducation, ils lui étaient supérieurs et avaient le droit de commander.

Aussi s'inclinait-il toujours devant leurs ordres qui, d'ailleurs, étaient donnés avec douceur et tact.

Muni de biscuit et de viande froide, puis d'un poignard et d'un revolver à six coups, ce dont il ne se sentait pas peu fier, Brioche se dirigea donc vers le bois; il ne devait pas dépasser la limite assignée.

Ce fut une excursion délicieuse : Brioche chantait avec les oiseaux, causait avec les perroquets, se suspendait aux branches des arbres et faisait des culbutes qui émerveillaient les singes.

Il goûtait à des fruits exquis, inconnus encore pour lui et respirait l'odeur de fleurs et de plantes qu'il n'avait jamais vues encore.

— Quel pays de cocagne! disait-il tout en cheminant; je n'aurais jamais cru ça, et j'y passerais bien tout le reste de mes jours... J'ai envie de m'installer à Port-Brioche, en garçon, et d'y fonder une colonie. Ben quoi! ça ne serait pas si bête, fit-il en s'adressant à un kakatoès qui, perché sur une branche de tulipier, semblait le narguer.

Je vois bien que les patrons ont envie de faire comme moi et ne pensent plus du tout à travailler à la fabrication de leur gelée de singe. Vous verrez qu'il faudra que je les rappelle à l'ordre.

Ce que c'est que de nous! Comme on prend vite la douce habitude de l'oisiveté!... Je suis sûr que moi-même, je trouverais au-dessous de moi le métier de commissionnaire s'il me fallait aujourd'hui me remettre à porter les bagages des voyageurs à la gare Saint-Lazare. Mais aussi, on est si bien à Sumatra! Dire que je foule peut-être aux pieds en ce moment une mine d'émeraudes ou d'or pur!... Et ce que c'est joli, cette forêt! On marche sur du velours vert, quoi!... Sans compter que nous avons conquis ce pays non à la pointe de notre épée, mais à la sueur de notre front. Savoir même, si l'occasion se présentait, si nous ne serions pas d'aussi braves conquérants que Napoléon Ier; Napoléon ou d'autres dont le nom ne me revient pas à présent, vu que mes études ont été trop promptement terminées.. Voyons, si je m'offrais une petite heure de sieste maintenant que j'ai déjeuné?...

Brioche s'arrangea commodément sur la branche

d'un arbre capable à elle seule de loger toute une famille; il craignait de dormir à terre en prévision de la visite intempestive d'un serpent.

Il finit par s'assoupir en caressant ses projets d'avenir :

— Décidément il faudra que je développe cette idée de colonie... oui, décidément. Il me faudrait aussi un camarade de mon âge, quelqu'un d'amusant, de remuant, car mes patrons, Strass et Nickel, ont quelquefois l'air un peu empaillés, n'y a pas à dire... J'aurais besoin d'une gazelle apprivoisée; et encore; c'est doux mais craintif... Un perroquet, c'est trop bavard... un tigre, c'est une société qui offre du danger... non, un danger qui offre une société... non, je disais bien : une soc... c'est que je m'endors tout à fait, je crois.

Et voilà que, dans son sommeil, il crut voir toute une famille de guenons et de singes qui venaient l'examiner sans bruit et se moquaient de son visage régulier et de ses cheveux frisés.

Cependant, à la *villa,* pour employer le langage de Brioche, vers cinq heures de l'après-midi, Strass et Nickel qui avaient déjeuné, fait la sieste et visité pour la vingtième fois leur petit domaine, s'étonnèrent de ne pas voir revenir leur jeune camarade; inquiets sans vouloir se l'avouer, ils prirent leur fusil et se rendirent au bois.

Ils savaient Brioche incapable de leur désobéir en franchissant la limite désignée pour sa promenade; mais qui pouvait dire si l'enfant n'avait pas fait quelque mauvaise rencontre d'hommes ou d'animaux?

D'hommes, c'était peu probable, puisque, depuis que nos amis avaient débarqué sur la côte, ils n'en avaient pas vu trace; mais un serpent ou toute autre bête nuisible pouvait s'attaquer à lui; il voulait étudier les singes, soit! mais ceux de l'île de Sumatra ne sont pas toujours inoffensifs.

Bref, des pensées peu consolantes traversaient l'esprit du pharmacien et de son associé; plus ils avançaient dans la forêt, plus leur anxiété augmentait, et ils pressaient le pas sans échanger une parole, de peur de trahir leurs mutuelles angoisses.

Leurs pieds nus ne produisaient aucun bruit en foulant le sol velouté; tout à coup, ils s'arrêtèrent d'un commun accord et prêtèrent l'oreille : une voix bien connue, celle de l'espiègle Brioche, frappait l'air, non courroucée, non plus suppliante, mais insouciante et tendre tour à tour.

— Vois-tu, mon cher, disait l'original gamin, ce sont des petits services que l'on se rend entre soi, chez nous. Je n'ai pas l'honneur de te connaître, mais, si tu veux, nous pourrons nous lier d'amitié; je suis un bon garçon, moi, et qui plus est, un garçon précieux; tu en vois la preuve; je te promets de ne jamais t'accabler de ma supériorité. Attends, mon enfant; ça va être fini; je suis un peu médecin, seulement j'ai oublié à la maison ma trousse de chirurgien; mais j'ai déjà opéré comme ça le capitaine

Malabor, un bien bon, va!... Té! comme on dit à Marseille, je devrais m'établir vétérinaire aux Indes, moyennant de chics émoluments, par exemple... Bah! qu'y gagnerais-je?... ton Gouvernement est peut-être aussi voleur que le mien... Et injuste, faut voir!... Croirais-tu, ma biche, que le domicile ousque je résidais à Paris, rue des Martyrs, est la propriété d'un homme décoré du ruban de la Légion d'honneur. Et pourquoi ça? je te le demande : parce que, pendant la guerre de 70, il a fait fortune et gagné deux cents pour cent sur les chaussures militaires. Il y mettait des semelles de carton, et c'est comme ça que nos pauvres soldats tombaient comme des mouches le long des routes trempées de pluie, parce qu'ils attrapaient des fluxions de poitrine. Là, voilà qui est enlevé; maintenant ne parlons plus, car il ne s'agit pas de travailler comme une vieille femme qui radote.

Très intrigués par ce discours et par le mutisme absolu de celui auquel il s'adressait, Strass et Nickel écartèrent les branches du fourré d'où ils écoutaient, et aperçurent le spectacle qu'ils s'attendaient le moins à voir.

A califourchon sur la plus basse branche d'un baobab, Brioche tenait entre ses mains l'extrémité d'une énorme trompe grise et la suçait avec violence en rejetant le sang qui venait à la surface de la peau.

Cette trompe, vous n'en doutez pas, appartenait à un éléphant de la plus belle venue qui se laissait opérer avec béatitude; il ne remuait pas plus que s'il eût été de granit.

Seulement, au bruit que firent les deux hommes en s'avançant, ses vastes oreilles battirent l'air et il donna des marques d'inquiétude. Le premier mouvement de Strass et de Nickel avait été de coucher en joue l'énorme bête, mais devant la concorde qui semblait régner entre elle et Brioche, ils relevèrent le canon de leur arme et se gardèrent bien d'effrayer ou de courroucer l'éléphant.

— Ne tirez pas, surtout, cria Brioche dès qu'il les aperçut. Cet animal est un bijou et je veux en faire, non pas notre domestique, mais notre ami. Attendez que je dégringole de ma branche et je vous raconterai tout.

Cependant, l'énorme pachyderme ne semblait pas goûter beaucoup la présence des nouveaux venus; de leur côté, ceux-ci n'étaient pas absolument rassurés et se tenaient à une respectueuse distance de la trompe.

Un léger incident amena la familiarité entre les deux hommes et l'éléphant : Brioche venait de donner des soins à l'animal blessé; c'était évident, mais il manquait d'eau et de linge pour achever de mettre en bon état la plaie qu'il venait de sucer : il tendit la main vers ses compagnons; Strass lui passa une gourde pleine d'eau fraîche puisée à la rivière Nickel, et l'ancien aide-pharmacien donna son mouchoir de poche.

Avec une dextérité digne de Labbé ou de Charcot,

le jeune garçon lava l'extrémité de la trompe et l'entoura du mouchoir blanc, ce qui était plutôt un jeu qu'une nécessité; puis, lui-même se rinça la bouche et reçut les démonstrations affectueuses du pachyderme reconnaissant.

L'animal faisait entendre un murmure guttural et doux, et caressait l'enfant, de sa trompe désormais guérie; il daigna même adresser quelques gestes de bienveillance à Strass et à Nickel qu'il devinait être les frères ou les amis de son sauveur.

Brioche lui rendit ses caresses, puis, tout en s'acheminant vers *la villa,* il raconta à ses associés ce qui s'était passé.

Nous avons laissé notre Brioche endormi sur son baobab et plongé dans de doux rêves; il dormit longtemps et profondément, ainsi que c'est la coutume à son âge; quand il s'éveilla, le soleil, quoique déjà bas à l'horizon, semblait voilé par une montagne; la terre tremblait comme si douze bataillons de soldats eussent dansé ensemble une sarabande dans le bois; enfin des cris étranges, des mugissements rauques frappaient l'air et paraissaient sortir de cent poitrines fauves.

— Bon! pensa Brioche, me vlà tombé, bien sûr, dans un régiment de tigres! c'est ça qui ne va pas être drôle: me vlà bloqué sur mon arbre jusqu'à demain; pourvu surtout que les patrons, ne me voyant pas revenir, ne prennent pas l'idée de courir à ma recherche! c'est qu'ils seraient vite croqués, les pauvres!

Cette trompe, vous n'en doutez pas...

Pâle d'émotion, Brioche osa enfin regarder, non pas au-dessous de lui, car l'animal ou les animaux se trouvaient au moins à sa hauteur, mais à côté de lui, et ce qu'il aperçut le remplit de commisération et d'effroi : l'auteur de tout ce mouvement et de ce bruit était un éléphant de grande taille, qui semblait possédé ou d'une colère furieuse ou d'une violente souffrance.

Sous ses pas, l'herbe froissée, les arbustes renversés et brisés, tout témoignait du désordre de son esprit ou de ses sens.

En l'examinant mieux, Brioche découvrit un tronçon de flèche enfoncé dans le bout de sa trompe : sans doute, l'animal avait reçu cette flèche tout entière, mais il était parvenu à en casser la partie supérieure, ce qui n'avait servi qu'à enfoncer davantage la pointe et à envenimer la blessure.

Si le dard eût atteint tout autre partie de son corps, l'éléphant aurait pu s'en débarrasser aisément, à l'aide de sa trompe, mais il s'était fiché juste au bout de cet appendice, dans la partie tendre de la lèvre, et, comme nous l'avons dit, ses efforts pour l'enlever ne faisaient que blesser davantage la pauvre bête.

N'écoutant que son bon cœur, Brioche eut un mouvement de pitié qui le démasqua sous son feuillage; l'éléphant, surpris, suspendit un instant sa douloureuse pantomime, aspira l'air, battit des oreilles et fit le geste de broyer quelque chose sous ses pieds.

Le petit homme frémit :

— Diable! murmura-t-il, le colosse m'a vu, senti et flairé... Il est en colère; n'y a plus moyen de m'échapper; faut risquer le tout pour le tout et le prendre par la douceur... On dit que ces bêtes-là sont intelligentes et susceptibles de bons sentiments. Nous allons voir si celle-ci comprendra que je ne lui veux pas de mal.

— Petit! petit! petit! viens, mon mignon, viens, ma belle!... ajouta-t-il en appelant le pachyderme d'une voix flûtée, comme s'il eût affaire à un oiseau ou à un jeune chat.

De plus en plus étonné, l'éléphant regarda le petit être qui produisait des sons si singuliers, et, dans un geste plein de douleur suppliante, il dressa vers lui le bout de sa trompe mutilée.

Brioche la prit délicatement dans ses mains de garçonnet, pas très blanches nous devons l'avouer, et il tenta d'arracher le tronçon de flèche; comme il n'y pouvait parvenir, il se servit de ses dents comme de tenailles et, après quelques efforts infructueux, il parvint à retirer le dard et le laissa tomber sur le sol.

L'éléphant subit courageusement cette petite opération, comme s'il comprenait que le résultat serait un soulagement pour lui; ensuite, il manifesta bruyamment sa joie; puis, se retournant vers son sauveur, il le regarda; ses bons petits yeux expressifs rencontrèrent les prunelles brillantes de l'enfant et dirent merci.

Brioche s'en sentit tout ému.

Cependant la cure n'était pas finie, et nous avons vu comment Brioche perfectionna son pansement et encouragea le colosse par quelques paroles gaies.

S'avisant tout à coup que la flèche reçue par la pauvre bête pouvait bien être agrémentée de quelque substance malsaine, il la suça, ainsi qu'il avait fait au poignet du capitaine Malabor mordu par *Carmagnole*.

Ce n'était pas faire preuve de prudence, car, pour sauver un animal, Brioche n'avait pas besoin de s'exposer à un empoisonnement; mais nous savons que notre gentil ami ne brillait pas toujours par la sagesse.

Hâtons-nous de dire, pour rassurer ceux de nos lecteurs qui éprouveraient quelque inquiétude à son égard, que la flèche était en simple bois anodin et que Brioche ne ressentit aucune fatigue de sa *sucée*.

Le soleil semblait avoir envie d'aller se coucher, et nos trois compères jugèrent prudent de rentrer au logis. En chemin, ils s'aperçurent que l'éléphant les suivait.

— Voyez, s'écria Brioche avec triomphe, il ne veut plus nous quitter!... Oh! que c'est beau la reconnaissance de l'animal!... et que je suis content d'avoir désormais un frère, un camarade de jeux, moi qui...

Ici Brioche s'arrêta; il allait dire: « Moi qui me trouvais un peu seul » mais son bon cœur lui suggéra l'idée qu'il peinerait peut-être ses deux amis en exprimant cette pensée, et il se remit à plaisanter gentiment sur son nouvel hôte.

Par exemple, l'éléphant ne put pas entrer sous le toit de la villa Strass et il dut se contenter de souhaiter le bonsoir, à sa manière, à son médecin et aux deux hommes.

XI

AUGUSTE ET HÉLOISE

Le premier soin de Brioche, le lendemain en s'éveillant, fut de s'assurer si Auguste était parti; car j'ai oublié de vous dire que le jeune Parisien avait ainsi nommé son nouvel ami.

Mais dès qu'il ouvrit la porte, il se heurta à une masse énorme qui, à son aspect, fit entendre un petit grognement joyeux.

On échangea mille politesses, puis Auguste et Brioche, l'un portant l'autre, allèrent se baigner et faire leurs ablutions à la rivière.

Ensuite, le jeune garçon offrit son plus beau biscuit à l'éléphant qui ne le dédaigna pas: mais comme il faut quelque chose de plus substantiel à un animal de cette trempe, Auguste alla lui-même chercher sa nourriture dans la forêt; Brioche le laissa partir sans inquiétude, sachant bien qu'il reviendrait.

Cependant Strass et Nickel se communiquaient leurs impressions de la journée de la veille : ils paraissaient anxieux. En effet, la présence d'une flèche dans la trompe d'Auguste, prouvait celle d'êtres humains non loin de Port-Brioche, peut-être de l'autre côté de la forêt. C'était indéniable; seule une main d'homme avait pu fabriquer, puis lancer ce projectile à la face du pachyderme.

Jusqu'à présent, nos naufragés *se la coulaient douce*, comme on dit; ils n'avaient encore ni exploré bien loin le pays, ni bâti autre chose que leur propre hutte, ni enfin commencé à chasser le singe.

Ils pouvaient facilement cultiver un terrain fertile qui ne demandait qu'un peu de travail pour produire beaucoup. Tout cela prouvait un brin de mollesse de leur part et une certaine tendance à la paresse. Les douze mille francs de l'oncle Chrysocal risquaient de ne pas profiter du tout entre les mains de nos amis. Il fallut que Brioche lui-même les tirât de leur apathie.

Sur le coup de onze heures; le terrain s'ébranla comme sous la trépidation d'une charge de cavalerie, et Auguste reparut... Mais cette fois il n'était pas seul.

Un de ses pareils le suivait un peu plus petit que lui ; ce devait être une femelle.

— Tiens! Auguste qui a amené sa dame! — fit Brioche en écarquillant les yeux, tandis que Strass et Nickel regardaient la nouvelle venue avec une certaine inquiétude.

— Il faut toujours se méfier de ces animaux-là! murmura le premier en glissant sa main dans sa poche où reposait un bon revolver.

Brioche leur jeta un coup d'œil indigné.

— Se défier de cette noble bête! Ah! que c'était laid! que c'était petit!

Et, pour montrer qu'il n'éprouvait nulle crainte, il s'avança auprès de l'éléphante et lui donna une poignée de main... à la trompe, naturellement.

Auguste était tout épanoui et semblait fier de présenter sa jeune épouse à ses amis; Madame était un peu intimidée, elle, mais bientôt la glace fut rompue et l'on échangea de nombreuses caresses.

Brioche offrit des rafraîchissements, c'est-à-dire quelques fruits et un seau d'eau sucrée qui parut faire le plus grand plaisir aux deux pachydermes.

Puis on procéda au baptême de l'éléphante : elle reçut le nom d'Héloïse.

Auguste et Héloïse, né trouvez-vous pas que cela leur va comme un gant?

Vous n'avez pas idée de la joie que ressentait Brioche de la présence de ces deux excellentes bêtes. — Il fondait toutes sortes de projets avec eux; on irait très loin dans la forêt; on explorerait le pays ; on tâcherait de *voisiner* avec quelque peuplade sauvage ou non. L'aide d'Auguste et d'Héloïse serait puissante ; puis plus tard celle des voisins, pour chasser la gent singe et extraire de ses os la substance désirée par le pharmacien Strass.

Enfin, non content de s'adonner à ce laborieux travail, Brioche inventerait une autre drogue, un pendant à la gelée de singe, quelque chose comme une crème de beauté fabriquée avec du sang de guenon ; les contraires engendrent et produisent souvent les contraires ; Brioche n'ignorait pas cela, et il se promettait de demander conseil à son patron.

Il savait que plusieurs grands parfumeurs ont fait des fortunes énormes rien qu'avec une poudre de riz nouvelle ou une pommade toute simple.

Pour le moment, on se reposait encore ; notre gentil gamin jouait beaucoup avec Auguste qui avait le caractère jeune ; quant à Héloïse, sa douce moitié, elle était un peu moins svelte pour le moment, et pour cause... Nous expliquerons cela plus tard.

C'était vraiment un charmant spectacle que de voir folâtrer l'adolescent avec ces deux colosses ; tantôt c'était un bain frais qu'ils prenaient sous les arbres pendant la chaleur tuante de midi ; une sieste qu'il goûtaient ensemble aussi, Brioche mollement étendu entre les énormes jambes de son camarade ; un lunch improvisé au bord de la rivière ; une causerie à l'ombre d'un taillis sombre et embaumé, etc., etc.

Chaque jour Brioche bénissait le ciel de lui avoir envoyé de si bons amis.

Il n'avait, en vérité, plus rien à désirer sur terre: il nageait dans une félicité complète; il ne se rappelait plus même le temps où, vagabond des rues de de Paris, il grelottait sous une blouse percée aux coudes, dans un pantalon fendu aux genoux... et ailleurs; où il ne mangeait pas tous les jours et s'estimait heureux de s'abriter du froid dans un bureau d'omnibus.

Ici, on mangeait à sa faim, on prenait des bains gratis, on portait le moins de vêtements possible, et enfin, on avait du soleil et du soleil à perpétuité.

Le matin on s'éveillait pour entendre chanter les oiseaux à la cime des catalpas; pour voir les bengalis faire leur toilette, et pour humer les parfums suaves que la brise apportait de la forêt.

Le soir on se couchait sous le grand œil de la lune ouvert sur l'océan; l'océan qui berçait le sommeil des trois hommes, de sa rumeur lointaine et douce.

Ne trouvez-vous pas que nous devrions secouer un peu Strass et Nickel?

Au commencement de ce récit, ils promettaient mieux que cela, n'est-ce pas? le climat de Sumatra, qui brûle le corps, les a sans doute amollis; ou bien, après avoir connu tous les soucis d'une carrière infructueuse, sont-ils si heureux de se voir libres et sans inquiétude du lendemain, qu'ils s'endorment dans leur douce inertie.

Mais n'ayez pas peur : la saison des pluies va venir et ils seront bien obligés de se remuer et de chercher un abri plus solide que leur primitive hutte.

C'est égal, la gelée de singe risque fort de ne jamais voir le jour, et les orthopédistes et fabricants d'eau de chaux peuvent dormir sur leurs deux oreilles : la grande invention qui doit les ruiner n'est pas encore sortie du néant.

XII

LES HÉRITIERS D'AUGUSTE

Cette fois-ci, le projet était bien arrêté : on allait faire de grosses provisions, s'armer de pied en cape, et escortés d'Auguste et d'Héloïse, traverser la forêt d'un bout à l'autre.

Le *Phocéen* n'existait plus maintenant : l'épave avait rendu ses derniers trésors ; les excavations de Port-Brioche recélaient des richesses, tant on avait fait de fréquents voyages au navire échoué.

Maintenant, il n'y avait plus que les derniers préparatifs à faire; Strass et Nickel, bien réveillés, travaillaient avec ardeur, Brioche aussi.

C'est que vous comprenez, on ne connaissait pas l'étendue de ce bois, on ne savait quelles rencontres on pouvait faire, il fallait se prémunir contre tous les accidents éventuels.

Et si vous saviez comme elle était jolie, cette forêt! à part Auguste et Héloïse qui la connaissaient par cœur, nos amis ne s'en doutaient pas du tout.

Ainsi, figurez-vous un fouillis adorable d'arbres gigantesques, d'arbustes, de lianes enchevêtrées, de fleurs parfumées; une végétation puissante, féconde, magnifique, semée d'oiseaux au plumage multicolore, aux chants mélodieux; d'insectes dorés dansant au milieu d'un rayon de soleil. — Et puis, tout à coup, un ruisselet d'argent qui chantait, lui aussi, mais tout doucement, en courant sous les lianes souples et les larges feuilles odorantes.

Enfin, par-dessus tout cela, aperçu à travers la voûte sombre des arbres, un ciel de saphir, brûlant et radieux tout ensemble.

Donc, le jour était fixé pour la première semaine d'avril, ce qui, pour ce pays, est le commencement de la mauvaise saison.

Mais voilà qu'un matin en allant souhaiter le bonjour à Héloïse et à Auguste, Brioche poussa un cri de surprise : la première avait donné le jour, en pleine nuit (quelle antithèse!) à deux amours de petits jumeaux qui, déjà, tétaient avec vigueur.

Les exclamations de Brioche amenèrent Strass et Nickel auprès des animaux.

— Allons bon ! fit le premier, voilà qu'il faut retarder notre expédition ! Cette Héloïse a eu une bien mauvaise idée.

— Ne pourrions-nous la laisser ici et partir sans elle? insinua l'Anglais en tordant sa moustache rousse.

— Oh! y pensez-vous? d'abord, son mari ne l'abandonnerait pas : or, que ferions-nous sans ces animaux qui nous sont absolument utiles pour voyager à travers la forêt? attendons un mois, voilà tout; les pluies ne viendront pas tout de suite et nous aurons la chance d'arriver dans un lieu civilisé avant la mauvaise saison.

— D'ici là, ne retombons pas dans notre paresse et travaillons à défricher ce sol qui ne demande qu'un peu de soins pour donner en abondance du riz, des cannes à sucre, des épices et du tabac.

Ainsi fut fait, quoique nos amis ne sussent pas ce que leur réservait l'avenir.

Mais il était sans doute écrit que leur projet d'excursion ne serait jamais exécuté.

Jusqu'à présent, ils avaient vécu assez paisibles; des singes de haute taille et d'aspect effrayant étaient bien venus tourner autour de la villa; mais ils en étaient repartis les mains vides, ne trouvant pas de champ de riz ou de cannes à ravager; les fauves s'aventuraient bien quelquefois assez près de Port-Brioche, attirés par l'odeur de la chair fraîche ; mais la hutte singulière qui se dressait là leur semblait chose trop mystérieuse pour être assiégée.

Aussi nos amis s'étaient-ils accoutumés à tous ces bruits du désert pendant la nuit : plaintes félines, gémissements lugubres coupant le silence par intervalles, épouvantables rugissements; c'étaient les buffles qui se promenaient; les lions, les tigres et autres animaux de bonne compagnie qui venaient aiguiser leurs griffes d'acier sur les rocs; quelques-uns même s'avancèrent assez près de la villa pour que, de leur hamac, nos amis entendissent leur souffle bruyant.

Brioche prétendait que ces bêtes chantaient leur cavatine à la lune; et il conseillait à Nickel de les accompagner sur le piano.

C'était surtout aux approches des orages que ces incidents se produisaient; par les temps calmes, les fauves sortaient rarement de la forêt, et la nuit conservait cette belle sérénité des nuits indiennes; à peine un tigre isolé venait-il boire à la rivière sombre que la lune striait d'argent.

Le jour, la petite colonie n'avait rien à craindre; une ou deux fois, Strass et Nickel durent écraser un serpent dangereux, et Brioche reçut l'ordre de ne jamais s'aventurer nu-jambes dans les endroits pierreux ou dans les broussailles où pouvaient dormir des familles de reptiles.

Une ou deux fois la tempête sévit sur l'océan et dans la forêt; alors les naufragés, enfermés dans leur hutte, entendirent un double concert : les mugissements des flots soulevés et ceux des fauves qu'épouvantait l'orage.

Et puis, aussitôt les éléments calmés, tout rentrait dans l'ordre; le ciel souriait de nouveau, et le soleil jetait des diamants sur les feuilles et sur les fleurs égouttant l'eau.

Délivrés d'une chaleur suffocante, Nickel, Strass et Brioche n'en respiraient que mieux et allaient s'approvisionner de fruits mûrs tombés des branches.

XIII

CE QUE BRIOCHE AVAIT DANS SON SAC

La mère et les enfants se portent bien; les petits gambadent déjà, je ne dirai pas : avec grâce, mais demandez plutôt à Brioche : il les déclare ravissants et les a nommés William et Jack; inutile de vous dire que ces amours d'éléphants ont pour parrains Strass et Nickel.

Ces charmants enfants montrent déjà les vertus de leurs aimables parents et une grande affection pour nos trois amis.

Ce matin-là, une idée souriante vint à Brioche; ennuyé de se lever tous les jours à peu près à la même heure, le soleil s'était, la veille, donné le luxe d'une éclipse, ce qui avait mis en émoi les populations de la forêt; mais, le lendemain, tout était revenu dans son état ordinaire, et le jeune Parisien manifesta le désir d'aller faire un tour au bois, en compagnie d'Auguste, bien entendu.

Il promettait de rapporter une brochette de singes, non pour dîner, mais pour faire un premier essai de gelée.

Seulement, au dernier moment, Strass se décida à l'accompagner; Nickel resta au logis et auprès d'Héloïse et de ses petits.

Les promeneurs firent une course délicieuse, tantôt allant à pied, tantôt sur le vaste dos d'Auguste; ils osèrent même s'avancer plus loin qu'ils n'avaient jamais été sous bois, se sentant protégés par le formidable pachyderme qui les escortait.

Nous ne parlerons pas des très légers incidents qui égayèrent ce voyage au début : un singe de haute taille vola à Strass le mouchoir dont il s'essuyait le front et qu'il avait suspendu un instant à une branche; on ne tenta pas de reprendre au voleur l'objet en question; c'eût été s'exposer à de rudes représailles.

Strass commençait à voir que la chasse aux quadrumanes n'était pas si facile qu'il le croyait d'abord.

On aperçut de loin une jeune panthère qui faisait

des effets plastiques sur le bord d'un petit lac que diamantait le soleil; la faim ou la soif l'avait fait sortir de son antre avant la nuit, mais elle ne jugea pas à propos de s'attaquer au groupe belliqueux qu'elle vit à distance; poussant un miaulement sauvage et se ramassant sur elle-même, elle s'élança en formant une ellipse et retomba plus loin pour se perdre dans les profondeurs des bois.

Enfin, nos amis se félicitaient de leur charmante excursion dont ils rapportaient des souvenirs sous la forme de fruits magnifiques, lorsque, soudain, ils virent Auguste donner des signes d'inquiétude et trépigner sur place en poussant des sons rauques et gutturaux.

— Ça sent l'ennemi, ça! observa Brioche qui ne manifesta pas de frayeur, en brave enfant qu'il était.

Presque au même instant, une petite troupe d'affreux sauvages déboucha d'un sentier et s'arrêta, stupéfiée, à l'aspect des êtres singuliers qui se dressaient devant elle : un jeune garçon debout et souriant, sur le dos d'un énorme éléphant; puis, un homme au teint pâle et aux cheveux clairs, qui portait un fusil en bandoulière et un double morceau de verre sur le nez.

Car il faut vous dire que William Strass était myope et avait sauvé du naufrage deux ou trois binocles

— A bas les pattes, Auguste! n'entamons pas les premiers les hostilités!... Master Strass, je vous en

Presque au même instant, une petite troupe...

prie, ne tirez pas : nous aurons meilleur compte à prendre ces gens par la douceur.

Je ne sais pas si Brioche avait raison de dire cela; ces sauvages étaient les pires parmi les Malais qui sont réputés pour leur cruauté et leur fourberie; c'est-à-dire qu'ils faisaient partie d'un petit peuple de parias, de rebutés qui vivaient loin de la ville, aux abords de la forêt, cultivant leurs champs et ne souffrant pas les étrangers.

Brioche avait mis pied à terre et leur adressait de bienveillantes paroles auxquelles ils ne comprenaient rien, tandis que Strass et Auguste suivaient de l'œil tous leurs mouvements.

Cependant aucun d'eux ne semblait disposé à frapper : ils en étaient encore à la période de l'étonnement; seul, un jeune homme, d'aspect plus farouche que les autres, jeta dans le ventre de Brioche un poignard empoisonné qui y demeura fixé par la pointe.

Strass jeta un cri terrible auquel répondit un mugissement épouvantable : Auguste ne fit qu'un bond jusqu'au meurtrier, l'attira à lui avec sa trompe et le foula sous ses énormes pieds, de façon à le réduire en bouillie informe.

Pendant qu'il s'acharnait à sa vengeance, l'Anglais couchait son fusil en joue pour punir les maudits, lorsque Brioche se releva, et, toujours souriant, lui dit en jetant au loin le poignard qu'il retirait de son ventre avec aisance.

— Je ne suis pas blessé; ne tirez pas, vous allez voir que nous aurons le dessus.

Stupéfait et bien près de croire au miracle, Strass obéit.

Quant aux sauvages, à la vue de cet enfant qui se relevait frais et dispos après avoir été piqué par une lame enduite d'un poison foudroyant, ils crurent se trouver aux prises avec quelque puissance supérieure, et, d'un mouvement spontané, ils tombèrent la face contre terre aux pieds de Brioche.

— Bon! pensa Strass qui mit de côté sa carabine, tout à l'heure je n'aurais pas donné un *half-penny* de notre peau! à présent, Dieu me pardonne! il me semble que ces brutes vont nous porter en triomphe.

Mais du diable si je sais ce que le mioche a dans le ventre, ni de quoi il est fait!...

— Je vas vous l'apprendre patron, murmura le gamin pendant que les sauvages continuaient leur silencieuse amende honorable; je vas vous donner mon secret... pour rien, mais ne le divulguez pas, hein?... Eh bien! donc, bénissons ma ceinture de cuir qui, après la Providence, m'a sauvé d'un fier mauvais pas... Je vous expliquerai ça en détail plus tard; au besoin, je vous donnerai l'adresse du fabricant : elle est imprimée derrière la ceinture. Attention! v'là nos canailles qui se relèvent; s'agit de leur en imposer encore.

Cependant Auguste, tout fulgurant de courroux, faisait mine de choisir une autre victime pour venger son cher petit maître, lorsque celui-ci se jeta au devant de sa trompe et, d'un ton moitié prière, moitié commandement, contint sa colère.

Les sauvages continuaient à envelopper Brioche de regards d'admiration et de crainte; et notre ami en profita pour leur dire beaucoup de choses en une mimique expressive, et en leur présentant William Strass qui se laissa faire, médiocrement flatté.

A leur tour, les parias présentèrent aux deux Européens une négresse d'âge très incertain et d'une laideur repoussante, qui était sans doute leur reine.

D'un geste plein de grâce, Brioche porta à sa poitrine et à son front la main noire de la sauvagesse; c'était tout à fait régence et Brioche n'eut pas mieux fait dans un salon de Versailles cent ans auparavant; la Malaise parut flattée et, poussant un cri guttural, elle sembla appeler quelqu'un.

Aussitôt, deux jeunes sauvages apparurent, chargés de calebasses dans lesquelles ils versèrent une sorte de liqueur parfumée.

Avant d'y porter leurs lèvres, Strass et Brioche laissèrent la femme noire y goûter, et, ma foi! trouvant cette boisson excellente, ils vidèrent leur tasse jusqu'au fond.

Ensuite, ne voulant pas être en retard de politesse avec les Malais, Strass les invita par gestes à les suivre et, afin d'éviter toute surprise désagréable, l'Anglais et le jeune garçon montèrent sur leur éléphant et ne cessèrent d'avoir l'œil sur leur escorte.

Mais cette défiance était de trop, car les sauvages n'avaient plus qu'une idée : suivre le jeune dieu qui commandait même à la mort, lui obéir en tout.

Brioche devinait l'empire qu'il avait pris, sans le vouloir, sur ces gens, et il se proposait d'en user.

Ils arrivèrent en vue de *la villa* que les Malais considérèrent avec surprise; un peu de crainte résidait encore dans leur pensée : qu'allaient-ils trouver dans ce logis? une armée de blancs n'allait-elle pas surgir pour les envelopper?

Ils se communiquaient leurs inquiétudes dans leur langue que, ni Strass, ni Brioche ne comprenaient; mais leur anxiété se dissipa bientôt : le hasard servit merveilleusement les intentions de nos amis.

Ils marchaient doucement, sans faire de bruit, et Nickel ne les entendit pas venir; seule, Héloïse dressa l'oreille et flaira l'air en allaitant les petits; mais devinant la présence de son époux au milieu du bataillon qui s'avançait, elle se dit que nul danger alors ne devait exister, et elle demeura tranquille.

En l'absence de ses camarades, Nickel avait fait beaucoup de choses : d'abord travaillé à une barrière dont on voulait entourer le jardin; ensuite déjeuné; été caresser son filleul, et finalement il s'était assis au piano et mis à jouer et à chanter tout ce que sa mémoire lui offrait de romances, de mélodies ou de valses.

Les sons, plus ou moins suaves, il faut l'avouer, qui s'échappaient de la fenêtre, frappèrent l'oreille des Malais, comme ils arrivaient, et les remplit d'une émotion indescriptible.

Afin que Nickel ne fût pas effrayé à la vue de la horde grimaçante qu'il n'attendait certes pas, Strass entra le prévenir, en lui disant de ne pas interrompre sa musique que semblaient goûter si fort les parias de Palembang.

Assez flatté de son succès, Nickel se garda de quitter le piano, et l'exaltation des sauvages fut à son comble.

Par gestes, ils témoignèrent le désir de voir de près l'instrument qui produisait de telles merveilles, et on leur permit d'entrer dans l'unique chambre de la villa Strass qu'on aéra violemment après leur passage.

Ils manifestaient leur joie et leur surprise par toutes sortes de cris gutturaux, de gestes et de rires; ils touchèrent le clavier avec précaution et éprouvèrent une stupeur profonde, aux sons discordants qui s'en échappèrent.

Ils étaient environ une quinzaine, et nos amis devaient se les attacher encore davantage afin d'avoir en eux une aide puissante pour leurs travaux futurs.

Ne voulant pas se laisser dépasser en générosité, les colons offrirent un doigt d'eau-de-vie aux Malais; puis, Brioche ouvrit pour la première fois son fameux coffre, dépouille du pauvre *Phocéen*, et en retira des trésors qui firent hurler de joie ses nouveaux amis et tomber des nues Strass et Nickel.

Ces trésors consistaient en ces mille bagatelles que nous achetons à si bon marché dans nos bazars européens et qui excitent l'admiration et la convoitise des nègres : colliers de grosses perles multicolores, objets en verre peint, couteaux fabriqués ailleurs qu'à Birmingham ou à Châtellerault; petits miroirs, bagues et bracelets de cuivre, montres de deux sous et à remontoir, ornées d'une chaîne, etc.

Cette singulière provision avait été faite par le capitaine Malabor, qui devait la remettre à un missionnaire de Batavia; or, nous savons que ce missionnaire ne devait plus revoir le brave marin, ni recevoir les bibelots qu'il destinait aux sauvages et qui ne dévièrent pas beaucoup de leur destination.

Les parias malais pleurèrent de joie en recevant chacun un présent; la reine, entr'autres, qu'ils appelaient Mouraïna, ne cessait de contempler sa vilaine image dans un affreux miroir de deux sous, et elle manifesta bruyamment sa reconnaissance.

— Pourvu qu'on ne me force pas à l'épouser!... pensa Strass en la voyant s'éloigner avec sa troupe.

Et cette idée lui gâta le plaisir de la journée.

Cependant les sauvages regagnaient leur « chez-eux » avant la tombée de la nuit afin de n'être pas surpris par les fauves en pleine forêt; par signes, toujours, ils avaient invité les *visages blancs* à aller les voir dans leur village de l'autre côté du bois, ce que promirent nos trois amis, assez curieux de nouveauté et de changement.

Quand ceux-ci se retrouvèrent seuls, Brioche poussa un formidable éclat de rire et s'écria avec sa fougue gamine :

— Là ! avais-je raison de vouloir les prendre par la douceur?... Nous possédons à présent des alliés qui se feraient tuer pour nous et qui pourront nous être rudement utiles.

— C'est vrai, fit Strass, mais dis-moi donc, clampin, d'où tu sors le fameux bouclier qui t'a préservé de la mort?

— Ah! voilà; c'est une crâne idée que j'ai eue de prendre, parmi les défroques trouvées au *Phocéen*, cette large bande de cuir dont je comptais me faire une ceinture; c'était la mode à Paris quand nous en sommes partis; seulement, comme elle était trop grande et me gênait par-dessus ma blouse, je l'ai attachée à moi sous mes vêtements; comme cela, le poignard du scélérat qu'Auguste a si fort malmené, n'a touché que cette peau épaisse et non la mienne. N'empêche qu'Auguste a bien fait d'exterminer l'assassin... Bref, je suis content du fils de mon père.

— C'est vrai, Brioche, tu t'es conduit avec intelligence et courage, tu es un brave enfant.

— Ben! et vous aussi donc, et m'sieu Nickel aussi, qui a fait merveille avec sa musique. Voyez pourtant comme ça sert un pareil talent, même dans le désert, on aurait dû mieux soigner mon éducation, vraiment, et me faire apprendre le piano ou le violon.

A la fin de cette journée fertile en incidents, les naufragés se couchèrent dans leur hamac en remerciant le ciel de les avoir protégés et en bénissant *in petto* les faiseurs de ceintures de cuir et les facteurs de pianos

---

XIV

OU L'ON SE BOUCHE LE NEZ

Cette fois-ci, la petite famille tout entière se mit en route pour le village de Paramagnaburugami : Brioche ouvrait la marche avec Auguste qui le portait sur son dos, si le jeune garçon donnait des signes de fatigue; Strass et Nickel formaient le centre et Madame Héloïse avec ses enfants, l'arrière-garde.

Le voyage fut délicieux; le ciel se voilait déjà de légers nuages, mais la pluie ne tombait pas encore; le soleil ne dardait plus des rayons aussi brûlants; les fruits, très mûrs, se détachaient d'eux-mêmes de la branche, et aucun animal malfaisant ne se montra.

Le village de Paramagnaburugami parut en fête dès que notre petite troupe en foula le sol; ce furent des cris d'allégresse, des chants à écorcher les oreilles; les sauvages, parés de leurs plus riches atours, c'est-à-dire simplement vêtus de pagnes et la tête agrémentée de plumes multicolores, accoururent au devant d'eux et se prosternèrent la face dans la poussière.

Nos amis reçurent avec condescendance ces démonstrations de respect et suivirent les Malais dans leurs huttes, avec l'envie formidable de se boucher le nez.

Ces horribles masures exhalaient d'agréables parfums mêlés de tabac, d'opium, de poisson, de cuir et de patchouli ou de musc.

Strass et Nickel furent bien aises de lorgner du coin de l'œil d'immenses champs de tabac qui entouraient le village de Parama... etc.; on voyait aussi des cannes à sucre, des épices, des patates et autres plantations utiles.

Une députation de vieillards fut envoyée à notre trio d'Européens; à leur tête, soutenu par deux jeunes hommes, marchait un sauvage antédiluvien qui nasilla un long discours auquel les trois colons ne comprirent goutte, ce qui n'empêcha pas Brioche d'y répondre dans son propre langage d'enfant des faubourgs, qui fit pâmer d'aise ces vieilles faces de bronze flétri.

Ensuite, quinze des plus jolies Malaises (et Dieu sait qu'elles étaient laides!) présentèrent des fleurs et des présents aux étrangers qui daignaient visiter leur campement. Des fleurs, ceux-ci n'avaient cure, mais les présents les satisfirent; ils consistaient en tabac, en opium, en ivoire et en café.

De son côté, Brioche ouvrit son fameux coffre dont il n'avait montré qu'une partie l'autre jour à ses visiteurs, et distribua des cadeaux vraiment princiers : les glaces, les perles de verre, les bijoux en clinquant firent pleurer de joie les femmes; les hommes eurent des montres en cuivre, des couteaux grossiers, des objets de verre; les enfants se roulèrent de plaisir sur le sol en recevant des *musiques* à un ou deux sous. Vous n'avez pas idée du succès qu'eurent les mirlitons!

Brioche donna une leçon aux artistes, et une heure plus tard, c'était une cacophonie inexprimable dans tout le campement.

Mais personne ne s'en plaignait, puisque tout le monde semblait content.

On offrit à dîner à nos amis : la soupe au poisson était mangeable, le riz emportait la bouche, les fruits, frais, ou conservés, étaient exquis; Brioche et Nickel se jetèrent dessus; ils burent aussi un excellent vin de palmier mélangé d'épices et de jus de canne à sucre.

— Eh bien! on ne déjeune pas trop mal à Paramagnaburugami! s'écria Brioche en se léchant les babines; j'ai presque envie d'établir ici mes quartiers d'hiver! hein! qu'en dites-vous, camarades?

— Nous devons penser avant tout à organiser nos affaires et commencer notre fortune, observa Strass, attendu que nous ne sommes pas venus dans ce pays pour y vivre en sauvages ni avec des sauvages.

— Avec ça que le patron s'est donné du mal jusqu'à présent, et foulé la rate au travail! grommela Brioche entre ses dents.

— Que dis-tu? fit sévèrement l'Anglais en s'adressant au jeune garçon.

— Rien qui vaille la peine d'être répété; c'est des petites réflexions judicieuses que je fais comme ça à part moi.

— Seulement, observa Nickel qui ne manquait pas de jugeotte, m'est avis qu'il faut nous attacher ces Malais, sans l'aide desquels nous ne pourrions rien entreprendre.

— Bien parlé, patron! approuva Brioche.

— On ne te demande pas ton idée, clampin bavard, dit Strass avec humeur.

— C'est bien pour ça que je vous la sers toute chaude, riposta l'enfant.

Les deux hommes se mirent à rire, désarmés par cette gaîté éternelle.

— Eh bien! on te donne la parole, va dit Strass en allumant un cigare.

— Bon! Je vais donc vous exprimer mes plans. V'là ce que je ferais à votre place : je laisserais passer la saison des pluies pendant laquelle j'abandonnerais Port-Brioche pour m'installer à Parama... je ne sais plus quoi.

— Pouah ! fit Nickel avec dédain, il y sent trop mauvais.

— Eh ! M'sieu Jacques, répliqua Brioche froissé, je me flatte d'avoir l'odorat aussi délicat que vous. Mais, pas si bête que de rester dans cette malpropreté : nous nous ferons offrir une des plus belles huttes et nous nous y établirons avec nos gens, c'est-à-dire avec Héloïse, Auguste, les deux mignons et deux ou trois esclaves pour nous servir.

Nous purifierons auparavant la susdite habitation, l'aérerons, la nettoierons, etc., etc. A quoi donc serviraient le phénol et les petites machines pharmaceutiques que Master Strass a sauvés du navire en souvenir de son ancien métier?

— Ce n'est pas mal imaginé, murmura l'Anglais. Après?

— Naturellement, faudra employer le temps des pluies à désauvagiser nos braves Malais.

— En notre langue, cela veut dire civiliser, rétorqua Nickel.

— Pas du tout, je sais ce que je dis : il faudraït trop de mois et d'années pour les civiliser; désauvagiser est donc bien le mot propre. Ils apprendront un peu de français, et nous quelques-unes des phrases les plus nécessaires de leur idiome. Je ne serai pas fâché, d'ailleurs, de retour à Paris, d'épater les populations par mon savoir et de m'établir professeur de Malais.

— Tu as donc renoncé à la gelée de singe? demanda Nickel.

— Ah! certes non, puisque, au médicament pour les rachitiques, je veux joindre une crème de guenon de mon invention; mais faut avoir plusieurs cordes à son arc en cas d'insuccès, et faut tout prévoir. Le patron, lui, s'est donné le luxe d'un oncle à héritage, mais vous, M'sieu Nickel, et moi, nous sommes seuls au monde et personne ne s'amusera à tester en notre faveur.

Donc, quand reviendra le beau temps, ces braves gens qui nous auront nourris gratis tout l'hiver, nous comprendront à peu près. Nous les emploierons à chasser le singe et nous fabriquerons à leur barbe notre fameuse gelée.

Si, de ce côté, nous ne réussissons pas, eh bien! nous entreprendrons un petit commerce d'épices, d'opium et d'ivoire, et vous verrez que nous ferons fortune envers et contre tout.

Ce projet fut approuvé de Strass et de Nickel et les trois amis se levèrent de table. Brioche alla s'assurer que la famille d'Auguste avait ce qu'il lui fallait, et il trouva enfants et parents occupés à engloutir une énorme provision de riz et d'excellents fruits.

Comme il n'était pas facile de se faire comprendre par signes des sauvages, nos amis cherchaient un moyen de s'inviter à Paramagnaburugami pour toute la mauvaise saison sans inquiéter les parias malais, lorsque l'occasion s'offrit d'elle-même à eux.

Dans chacune des expéditions un peu longues de

nos trois naufragés, William Strass avait coutume d'emporter avec lui sa petite trousse de pharmacien; de plus, il possédait quelques notions de médecine, chose naturelle à un apothicaire; or, en visitant le village de Paramagnaburugami, lui et Nickel virent quelques malades étendus sur des nattes, souffrant beaucoup et sans soulagement.

Sous leur apparence un peu froide et insoucieuse, les deux hommes avaient très bon cœur. Surmontant leur répugnance à pénétrer dans ces intérieurs enfiévrés et malpropres, ils examinèrent ces malades, pansèrent et purifièrent leurs plaies, firent changer leurs nattes, nettoyer et aérer leur logis, et leur laissèrent quelque poudre ou quelque boisson efficace.

Les pauvres gens éprouvèrent presque aussitôt un tel bien-être, un tel soulagement, que leur gratitude ne connut plus de bornes et que le triomphe de nos amis s'en accrut de beaucoup.

Désormais, les parias malais leur étaient dévoués corps et âmes; pour Strass et Nickel comme pour Brioche, ils eussent marché sur des charbons ardents s'il l'eût fallu.

Les naufragés passèrent la nuit à Paramagnaburugami après avoir pris leur part des réjouissances qui eurent lieu dans le village en leur honneur.

Le lendemain, quand ils firent mine de retourner à Port-Brioche, des clameurs désespérées s'élevèrent et tous les fronts noirs s'abîmèrent dans la poussière en manière de supplication.

Alors, ils firent comprendre qu'ils repartaient chez eux dans l'unique but de réunir ce qu'ils possédaient, mais qu'ils reviendraient aussitôt s'installer à Paramagnaburugami.

Les sauvages finirent par consentir à ce voyage, et même donnèrent aux voyageurs une escorte qui devait les aider dans leur déménagement.

Il fallait se hâter, d'ailleurs, car le ciel se couvrait de plus en plus et la pluie menaçait. Or, les marchands de parapluies n'abondent pas dans les déserts de l'île de Sumatra et les cordonniers y sont rares.

XV

OU L'ON SE DIVERTIT AUX DÉPENS DU ROI DE BORNÉO

La mauvaise saison est passée et nos amis vont décidément organiser leur chasse au singe.

Ce n'est pas malheureux, n'est-ce pas? L'hiver s'est bien écoulé et le village de Paramagnaburu-

L'homme qui avait habité Calcutta...

gami a beaucoup gagné grâce à la présence des *bons blancs*.

En effet, les Européens ont enseigné aux sauvages, leurs alliés, mille et un petits métiers dont ceux-ci n'avaient pas la moindre idée auparavant.

Aussi, l'aspect de ce pauvre peuple isolé a-t-il énormément changé : les maisonnettes sont propres et bien aérées; les malades mieux soignés, les enfants mieux élevés; les vertus des tribus simples et primitives y fleurissent à l'envi.

Ces pauvres gens, jadis humiliés, repoussés de la société, se sentent maintenant relevés, même audessus des autres sur certains points, et ils sont heureux.

Seulement, ils se disent que les trois blancs, leurs anges protecteurs, ne sont pas faits pour vivre au milieu d'eux et que, sitôt leurs projets accomplis, ils retourneront dans leur patrie.

Cette pensée les afflige, mais ils chérissent trop Strass, Nickel et Brioche pour ne pas vouloir leur bonheur même au prix d'un rude sacrifice, et ils ne s'opposeront jamais à leur départ.

La vie, pendant la saison des pluies, n'a pas été trop monotone; d'abord, nos amis avaient à remplir leur tâche de civilisation à Paramagnaburugami; Strass renouvelait sa pharmacie, Nickel donnait des leçons de piano aux mieux douées des jeunes Malaises; Brioche enseignait aux enfants toutes sortes de jeux et d'exercices.

Et voilà qu'on se préparait à la grande chasse aux

singes, lorsqu'une nuit, un affreux tapage se produisit à l'extrémité du village, du côté de la mer.

Des hommes accoururent, pleins d'épouvante, racontant que des étrangers, débarqués récemment, venaient de les attaquer et de s'emparer de force de leurs cabanes.

Tous tremblaient et ne savaient à quoi se résoudre, lorsque Nickel, Strass et Brioche parurent au milieu d'eux.

— Eh! quoi! s'écria le premier, allez-vous vous laisser dévaliser par une poignée d'imbéciles, peut-être ? Armez-vous bien vite et courons secourir ceux de vos frères qui sont encore en danger.

En un clin d'œil, les Malais furent armés et suivirent les trois blancs qui se rendirent au lieu de l'attaque.

Ils y trouvèrent quelques pauvres sauvages luttant, désespérés, contre une petite troupe d'inconnus au visage horrible et féroce.

Les habitants de Paramagnaburugami étaient en nombre supérieur : ils eurent bientôt mis hors de combat les assaillants; la plupart de ces derniers étaient morts; d'autres n'en valaient guère mieux, deux ou trois restaient prisonniers.

Tandis qu'on les conduisait au centre du village, et comme le jour commençait à poindre, un des captifs tenta de s'évader et de courir du côté de la mer. On le rattrapa aisément, et Strass eut l'idée de l'interroger en anglais, en lui promettant la vie sauve s'il usait de franchise dans ses réponses.

L'homme, qui avait habité Calcutta, entendait parfaitement cette langue, et, devant la promesse que lui fit le vainqueur, il n'hésita pas à dire la vérité.

Avec ses compagnons, il venait de Bornéo, l'île aux pierreries, d'où ils rapportaient une quantité de pierres précieuses et de diamants enlevés aux trésors du roi. Comme ils désiraient cacher à terre leur prise, ils avaient abordé au premier endroit venu, et trouvant cet endroit habité et ayant besoin de se restaurer, il avaient attaqué les Malais afin de prendre leur place. Seulement, ils les croyaient moins nombreux et moins braves et ne pensaient pas être vaincus. Parmi les morts, se trouvait leur chef, un ancien pirate, qui les avait poussés à cette expédition.

Strass demanda où était resté le bateau portant les pierreries : l'homme indiqua la baie la plus proche de Paramagnaburugami.

Les prisonniers furent conduits au village, et les blancs recommandèrent de les traiter avec égards, puisqu'ils s'étaient soumis sans résistance.

Puis, escorté d'une petite troupe de Malais, Strass et Nickel se rendirent à la crique désignée par le captif; Auguste les suivait, assez intrigué de tout ce manège dont il ne devinait pas la cause.

Sur le pont de la tartane appartenant à l'ancien pirate, trois hommes veillaient. Leur surprise et leur inquiétude furent grandes en voyant arriver une troupe d'étrangers. parmi lesquels ils n'apercevaient pas leurs compagnons.

Ils comprirent une partie de la vérité et, en braves qu'ils étaient, résolurent de vendre chèrement leur vie ou de sauver la cargaison.

Une balle tirée du bateau, eût infailliblement touché Strass, si Auguste, avec une admirable sagacité, n'eût bondi au devant de lui, le préservant de son corps sur la peau rugueuse duquel le projectile glissa inoffensif.

L'Anglais eût voulu capturer ces hommes sans leur faire de mal, mais il ne put arrêter ses compagnons rendus furieux par le coup de feu dirigé sur leur idole.

Si leur cher Strass eût été atteint, les malheureux voleurs de Bornéo eussent subi les supplices les plus raffinés et les plus barbares.

Deux d'entre ces misérables tombèrent foudroyés sur le pont de la tartane; le troisième, blessé, dut se rendre.

Il fut emmené à Paramagnaburugami, et Strass prit, avec son escorte, possession du bateau.

Le bandit qui l'avait renseigné n'avait pas menti : nos amis trouvèrent là une énorme provision de pierreries, et des plus belles, ce qui leur donna une haute idée des richesses du roi de Bornéo.

Strass laissa quelques-uns de ses hommes sur la tartane pour garder le trésor, et il retourna au village avec le reste de sa troupe et l'éléphant Auguste qui fut vivement félicité et caressé pour sa noble conduite.

L'Anglais avait hâte de raconter sa capture et de décrire le contenu du bateau à Nickel et à Brioche ; il devait ensuite en faire part aux Malais et leur demander leur avis sur l'emploi de ce trésor.

— Bon! s'écria Brioche, vous v'là millionnaire, m'sieu Strass; je vous ai toujours prédit que vous mourriez dans la peau d'un richard. C'est l'oncle Chrysocal qui va vous estimer, désormais !

Et, par la même occasion, m'sieu Nickel va faire la nique à la pauvreté; sans compter que je vas avoir des gages, moi, et que je serai peut-être plus payé que le cuisinier de m'sieu de Rothschild.

— Clampin, fit Strass avec dignité, tu oublies que ces biens ne m'appartiennent pas plus qu'à toi et à l'ami Nickel; et qu'ils ne sont pas plus à nous qu'à ces braves Malais qui nous ont aidés à les conquérir.

Un certain nombre d'hommes furent envoyés au bateau avec des sacs et des petits chars que les blancs leur avaient appris à construire. Ils rapportèrent ainsi au village les pierres précieuses que renfermaient les flancs de la tartane; tout fut réuni dans la case de Strass, regardé comme le chef suprême de Paramagnaburugami.

Puis, on tint conseil.

Strass, Nickel et Brioche voulaient le partage de ces richesses entre tous les habitants, ou plutôt toutes les familles de Paramagnaburugami; mais, à cette proposition, une clameur couvrit leurs voix, à leur grande surprise, car ils se figurèrent que leurs alliés avaient formé le dessein de s'approprier le tout.

En vérité, ils les connaissaient mal.

Un vieillard, le doyen et le plus sage de la tribu, se leva et, au nom de tous, parla en ces termes :

— Comment pouvez-vous vous imaginer, ô hommes blancs, que nous accepterons une seule de ces pierreries qui vous reviennent de droit?

D'abord, que ferions-nous, nous pauvres parias encore sauvages, de joyaux et de diamants qui ne serviraient même pas à notre parure? Les petits morceaux de verre peint que vous nous avez donnés ont plus de valeur à nos yeux.

Je sais bien que nous pourrions les échanger avec des capitaines de vaisseaux marchands contre des objets utiles à notre vie ou à notre nourriture : mais ce serait attirer sur nous des regards étrangers et peut-être malveillants ; ce serait aussi donner à nos jeunes gens et à nos jeunes filles le goût du luxe ; or, nous sommes heureux depuis que vous nous avez appris à être bons ; nous nous marions entre nous, sans plus jamais désirer rentrer dans la société qui nous a bannis ; les arts et les métiers que vous nous avez enseignés ont introduit plus de bien-être chez nous ; nos huttes plus proprement tenues, nos corps mieux soignés ne connaissent plus la maladie. — Vous avez été nos dieux libérateurs, ô hommes blancs, et nous ne nous montrerons pas ingrats. Prenez donc à vous trois ces richesses que vous avez conquises et, selon votre désir que nous concevons trop, retournez riches et bénis dans votre pays d'Europe, accompagnés de nos vœux de bonheur. »

Il dit et s'assit.

Tous applaudirent.

Nous sommes bien fâchés d'interpréter aussi mal les sentiments du vieillard malais, qui étaient ceux de tous ses frères, mais il nous est impossible de faire autrement, et d'ailleurs, nos lecteurs savent que tout écrit ou discours perd à la traduction !

Strass, Nickel et Brioche demeuraient confondus de tant de délicatesse et de générosité de la part de leurs sauvages alliés. Je crois, ma foi, que chez nous, tout civilisés que nous sommes, les choses ne se passeraient pas ainsi. Qu'en dites-vous ?

Bref, les trois amis durent accepter bon gré mal gré, sous peine de causer un vif chagrin aux Malais.

Un instant après, ils en parlaient ensemble dans leur hutte, après avoir supputé la somme que pouvait représenter cet amas de pierreries : il y avait bien pour deux ou trois millions, selon Strass et Nickel, ce qui fit ouvrir des yeux énormes à maître Brioche.

Apercevant au loin les prisonniers de la tartane que l'on conduisait au bout du village, le jeune garçon leur adressa un salut gracieux :

— Messieurs, dit-il avec un sérieux comique, ça vous fait mal au cœur, n'est-ce pas, de voir passer à votre barbe la cargaison que vous vous êtes donné la peine de subtiliser au voisin? — Chez nous, ça s'appelle : *tirer les marrons du feu.* C'est vous qui avez travaillé, nous qui récoltons; et nous nous gardons bien de rien restituer au roi de Bornéo, parce qu'on le dit méchant, cruel et rapace.

Les captifs n'entendirent pas ce petit discours aimable, que, d'ailleurs, ils n'eussent pas compris, vu que Brioche l'avait prononcé en français.

Tandis que l'enfant faisait la sieste, ses deux anciens patrons, couchés dans leur hamac, causaient à mi-voix, organisant leur départ qu'ils désiraient hâter, malgré le chagrin qu'ils éprouvaient à l'idée de quitter les Malais.

On s'attache à ceux auxquels on a fait du bien, et vraiment les pauvres parias de Paramagnaburugami méritaient bien l'estime et l'amitié des trois Européens.

En attendant le départ, la tartane, réparée et remise à neuf, dormait dans la crique; elle devait servir à amener Strass, Nickel, Brioche et leurs richesses à Batavia où ils s'embarqueraient sur un transatlantique européen.

Quelques Malais, bons marins, la conduiraient, puis, la ramèneraient à Paramagnaburugami auquel nos amis la laissaient.

XVI

OU L'ONCLE CHRYSOCAL TOMBE DES NUES

C'était un tableau déchirant; et cependant la nature riait de tous les côtés de l'île radieuse; l'époque sereine était revenue; les plantes, les arbres, toute cette luxuriante végétation de l'Inde, répandaient des parfums suaves et des ombres douces; le soleil montait, majestueux, à l'horizon; la mer, couleur indigo, se confondait au loin avec le ciel;dans la crique, la tartane, bourrée de pierreries encore une fois, attendait ceux qu'elle allait bercer sur les flots.

Mais tout le village de Paramagnaburugami était dans la désolation, et nos trois amis eux-mêmes avaient la larme à l'œil.

Ils partaient presque sans bagages, ayant distribué aux sauvages tout ce qu'ils possédaient, même le piano de moins en moins d'accord; pauvre piano sorti pimpant et fier des ateliers de Pleyel quelque dix années auparavant, et qui, alors ne se doutait guère qu'il finirait ses jours sur une des rives de l'Océan Pacifique, sous les doigts noirs d'une jeune Malaise amoureuse d'harmonie!

Brioche tenait embrassés (mais non étroitement) Auguste et Héloïse qui se plaignaient doucement, pressentant la séparation prochaine.

— Mes bien-aimés, leur disait-il, j'aurais voulu vous emmener avec moi en Europe, il y aurait eu place pour vous partout où j'aurais mis le pied; mais on m'affirme que vous souffririez et dépéririez hors de vos belles forêts, dans notre France étique à côté de ce pays; or, je ne veux pas votre malheur. Je ne vous oublierai pas, ne m'oubliez pas non plus; je reviendrai plus tard ici et vous aurez mes premières caresses, je vous le jure.

Il s'arracha de leurs trompes et courut à ses compagnons qui, d'une voix entrecoupée par l'émotion, adressaient leurs adieux et des protestations d'amitié aux Malais réunis.

— Mes amis, cria Brioche quand ce fut fini, moi, je vous promets de revenir d'ici une dizaine d'années : j'ai l'intention de me marier de bonne heure, et Paramagnaburugami sera le but de mon voyage de noces.

Des applaudissements couvrirent sa voix sur ce dernier mot; mais, par bonheur, la future Madame Brioche n'était pas là, car je ne sais si elle eût accepté avec plaisir l'idée de la lune de miel passée à Sumatra sur une côte à peu près déserte.

Heureusement aussi que le mariage de Brioche

est encore éloigné et que nous n'avons pas à nous en préoccuper.

Comme la tartane s'écartait du rivage où retentissaient encore des vivats mouillés de sanglots, Brioche, essuyant du doigt une larme qui roulait sur sa joue brune, souleva son chapeau et salua l'île qui fuyait dans la brume :

— Adieu, ô gelée de singe qui n'as jamais été exécutée et qui nous as pourtant procuré la fortune !...

— Comment cela ? fit Nickel en s'approchant, son mouchoir transpercé de pleurs à la main.

— Tiens !... suivez bien mon raisonnement : nous avons quitté la France et sommes venus ici dans le but de fabriquer la gelée de singe pour la vendre ensuite ; sans ce but, nous n'aurions donc pas naufragé sur cette côte ; si nous n'avions pas naufragé, nous n'aurions pas connu les Malais, ni Auguste et Héloïse, et nous n'aurions jamais eu entre les mains une partie des diamants de Bornéo. Est-ce juste ?

— Parfaitement juste, répondit Nickel.

A Batavia, nos amis prirent passage sur le *Nord* qui devait les emmener en Europe. A Amsterdam, ils se déferaient de leurs pierreries et reviendraient à Paris avec leur fortune désormais établie.

A Singapour, Brioche retira ses cinq cents francs qui lui étaient un souvenir du capitaine Malabor, de la senora Conception Idropolos y Fernandès y Terancia, et en même temps du pauvre *Phocéen*.

Pendant les quelques heures que le *Nord* relâcha dans ce port, Brioche ne put résister au désir d'aller présenter ses devoirs à Master Canouga l'attorney.

— Ah! c'est toi, petit diable! dit celui-ci en l'apercevant; tu n'es donc pas mort?

— Pas tout à fait, quoique j'aie bien failli avaler ma gaffe.

— En effet, le *Phocéen* a été signalé comme navire perdu, il me semble. Que viens-tu faire ici? Chercher une place, peut-être?

— Une place? répéta Brioche indigné. Sachez, Monsieur l'attorney, que moi et mes amis, nous revenons millionnaires, archi-millionnaires; je vous prie donc de nous parler autrement.

Le juge haussa les épaules.

— Ah! vous ne me croyez pas?... fit le jeune garçon.

Et, voyant passer devant la maison un des passagers du *Nord*, il l'appela et l'invita à témoigner de la fortune des trois anciens naufragés, ce que fit le passager avec un respect et un sérieux qui dissipèrent tous les doutes de l'attorney.

Celui-ci, qui était demeuré assis tout le temps de la visite de Brioche, se leva aussitôt et manifesta à son visiteur des sentiments de haute estime. Il finit par l'inviter à dîner.

— Merci, répondit le petit homme qui riait dans sa barbe... absente; j'ai tâté jadis de votre cuisine, elle ne m'a pas plu; je sais bien que vous traiteriez mieux vos hôtes que vos prisonniers, mais enfin, je me méfie.

Permettez-moi seulement d'offrir à Madame Canouga ce petit diamant.

Ce disant, Brioche déposait devant le magistrat une pierre qui, pour être la moins belle de la cargaison Strass et Cie, n'en avait pas moins une certaine valeur.

L'attorney n'en croyait pas ses yeux.

— Eh! pardieu! fit le jeune Parisien en riant, je l'aime beaucoup, madame Canouga : songez que c'est grâce à son indisposition nocturne que j'ai pu m'échapper du charbonnier et courir au capitaine Malabor; or, j'ai la reconnaissance éternelle, moi!

Canouga salua jusqu'à terre.

En passant devant la loge du geôlier qu'il reconnut, Brioche y entra et serra la main du bonhomme.

— Mon ami, lui dit-il, y a-t-il toujours des chats dans votre soute à charbon?

— Des fois y en a, des fois, y en a pas, répondit le gardien.

— Eh bien! fit Brioche quand il y en a, laissez-les toujours passer, ça porte bonheur.

Et il lui glissa un souverain dans la main.

Le geôlier se demande encore à l'heure qu'il est d'où lui vient cette bonne aubaine.

Mais nous ne parlerons pas de ce voyage de retour qui, d'ailleurs, eut lieu sans accidents; la Providence devait bien ça à nos amis, n'est-ce pas?

Ils arrivèrent sans encombre en Hollande et eurent une vive surprise à Amsterdam où leurs pierreries furent évaluées, puis payés rubis sur l'ongle. Il y en avait pour *quatre millions et demi.* Strass, Nickel et Brioche en tombèrent des nues.

Quelqu'un qui en tomba bien davantage encore, ce fut l'oncle Chrysocal qu'on rencontra à Paris au Café anglais.

— Non, s'écria-t-il à l'énoncé des biens que rapportait de Sumatra l'ex-pharmacien; ce n'est pas possible : en moins d'un an avoir fait une telle fortune; ce n'est pas possible!

— Nous n'avons pourtant dévalisé personne, riposta Brioche; nous ne nous sommes fait, au contraire, que des amis partout où nous avons passé.

— Mais, cette gelée de singe, voyons, où est-elle? reprit l'oncle; je n'en ai pas entendu parler; je n'ai pas même aperçu le moindre prospectus...

— La gelée de singe, ah! voilà! fit Strass qui se gratta l'oreille et, de là, passa au front; c'est que nous n'en avons point fabriqué.

— Comment?... Ce fameux remède qui devait remplacer l'eau de chaux et couler à fond les orthopédistes?...

— Ben oui, je sais bien, murmura Brioche qu'on ne prenait jamais à court, mais faut vous expliquer m'sieu Chrysocal, qu'au lieu de fabriquer de la purée de guenon, il a fallu que nous fassions de l'essence de braves gens : ça a tellement réussi, qu'en un clin d'œil nous sommes devenus riches et que nous voilà.

— Vous devriez bien en rapporter en Europe, gémit Master Chrysocal; ce qu'il y en a besoin par ici d'essence d'honnêteté!...

— Ben, voilà encore, répondit Brioche avec sang-froid, c'est que nous nous sommes retirés du commerce; et avouez que nous avons bien droit à un peu de repos après tout ce qui nous est arrivé : emprisonnement à Singapour, naufrage dans le détroit de Malacca, attaques de sauvages, tigres venant rôder autour de notre demeure, scorpions trouvés le matin dans nos espadrilles, etc., etc., nous avons échappé à tout, cela mais non sans peine.

L'oncle Chrysocal se rendit à ces raisons; même, il manifesta jusqu'à sa mort une profonde admiration pour les trois naufragés du *Phocéen*.

L'autre jour, habillé de neuf des pieds à la tête, Brioche est allé voir le père Lacrampe qui s'est extasié au moins autant que Master Chrysocal sur la rapide fortune de son ancien locataire.

Il y a gagné un joli petit billet de banque, cadeau de retour de maître Brioche.

Depuis ce temps, il conseille à tous les galopins de sa connaissance d'aller travailler à Sumatra; mais tous n'ont pas la chance de rencontrer des patrons comme Strass, Nickel et le capitaine Malabor; et puis, tous ne sont pas Brioche.

Nos trois amis, au lieu de partager le produit des richesses de Bornéo comme le proposait l'ancien pharmacien, vivent paisiblement ensemble dans un joli hôtel qu'ils ont acheté à Passy. Strass et Nickel sont frères, Brioche est comme leur fils.

Adieu, ô gelée de singe...

Je n'ai pas besoin de vous apprendre qu'ils jouissent d'une félicité complète. Quand ils auront assez de la vie de Paris, ils feront un tour de promenade sur leur yacht : le *Paramagnaburugami* (un nom qui fait pester les matelots) et ils iront dire bonjour à leurs amis de Sumatra en passant par l'Espagne, l'Afrique et l'Asie.

Histoire de s'amuser, vous comprenez.

Mais, me direz-vous, et la gelée de singe?... Voilà un titre et un début de récit qui promettaient beaucoup aux petits enfants débiles et rachitiques...

Que voulez-vous? là, franchement, je ne peux pas forcer nos anciens pharmaciens, Strass et Nickel, pas plus que l'illustre Brioche, à fabriquer du sirop de quadrumanes, maintenant qu'ils sont millionnaires.

Demandez donc aux fils Vanderbilt d'aller tenir un comptoir de denrées sur la côte de Syrie : vous serez bien reçus.

Et, tenez, en auteur généreux, je vais vous insinuer une bonne idée avant de clore cette histoire :

S'il est un de mes lecteurs, futur chimiste ou médecin, qui veuille profiter de l'inspiration de cette gelée de singe, je lui promets de ne jamais le poursuivre en contrefaçon.

A bon entendeur, salut!

TABLE DES MATIÈRES

Paris. — E. KAPP, imprimeur, 83, rue du Bac

www.ingramcontent.com/pod-product-compliance
Ingram Content Group UK Ltd.
Pitfield, Milton Keynes, MK11 3LW, UK
UKHW031900260826
14628UKWH00002B/886

9 782329 338705